Alfred Hitchcock

Le chat qui clignait de l'œil

Traduit de l'américain par Claude Voilier

Hachette

DU MÊME AUTEUR

Dans la même collection :

1. La momie qui chuchotait
2. Le chinois qui verdissait
3. L'arc-en-ciel a pris la fuite
4. Le spectre des chevaux de bois
5. Une araignée appelée à régner
6. Les douze pendules de Théodule
7. Le trombone du diable
8. Le dragon qui éternuait
9. Le chat qui clignait de l'œil
10. L'aigle qui n'avait plus qu'une tête
11. L'insaisissable homme des neiges
12. Le journal qui s'effeuillait
13. Le serpent qui fredonnait
14. Le perroquet qui bégayait
15. La mine qui ne payait pas de mine
16. Le démon qui dansait la gigue
17. Au rendez-vous des revenants
18. Le testament énigmatique
19. Le lion qui claquait des dents
20. Le tableau se met à table
21. Le miroir qui glaçait
22. L'épouvantable épouvantail
23. Le requin qui resquillait
24. L'ombre qui éclairait tout
25. Le crâne qui crânait
26. L'épée qui se tirait
27. Le flibustier piraté
28. L'aveugle qui en mettait plein la vue
29. La baleine emballée
30. L'éditeur qui méditait
31. La saisie des sosies
32. Le drakkar hagard

L'ÉDITION ORIGINALE DE CE ROMAN,
RÉDIGÉ AVEC LA COLLABORATION DE WILLIAM ARDEN
ET ROBERT ARTHUR, A PARU EN LANGUE ANGLAISE
CHEZ RANDOM HOUSE, NEW YORK, SOUS LE TITRE :

THE SECRET OF THE CROOKED CAT

Hachette, 79, boulevard Saint-Germain, Paris 6e.

Quelques mots d'Alfred Hitchcock

Salut, amateurs de mystère ! C'est avec grand plaisir que je vous présente, une fois de plus, les trois garçons qui se baptisent eux-mêmes « Les Trois jeunes détectives ». Leur devise ? « Détections en tout genre » ! Pour enquêter, ils ne craignent personne ! Ils enquêtent, même lorsque cela ne plaît pas à tout le monde. Cette fois, c'est un vol dans une fête foraine qui va les lancer, ventre à terre, sur une piste... Leur curiosité les poussera à se mêler aux gens du voyage sous prétexte d'élucider le mystère d'un chat en peluche qui cligne de l'œil. Ils écouteront aux portes...

Mais j'ai tort de me moquer de ces trois jeunes enthousiastes. Même s'ils poussent parfois la curiosité trop loin, ce sont quand même de bons garçons, animés des meilleures intentions.

Hannibal Jones, le chef incontesté et quelque peu rondelet des Trois jeunes détectives, est connu pour sa remarquable intelligence. Peter Crentch, grand et musclé, excelle dans tous les sports. Bob Andy, le plus petit du trio, a la charge de tenir les archives et d'effectuer les fastidieuses recherches. Néanmoins, en présence d'un danger quelconque, il a le courage d'un lion.

Les trois amis habitent la petite ville de Rocky, sur la côte californienne, à quelques kilomètres de Hollywood. Ils ont installé leur Quartier Général au Paradis de la Brocante, *le pittoresque bric-à-brac de Titus et Mathilda Jones, l'oncle et la tante d'Hannibal.*

Dans le présent livre, donc, les Trois jeunes détectives vont s'attaquer à l'énigme de ce chat qui cligne de l'œil, sans valeur apparente, mais qui les entraînera dans une série d'aventures peu banales. Les trois compères en verront de dures et...

Mais j'en ai déjà trop dit. Je suis sûr que vous êtes las de ce préambule et qu'il vous tarde de suivre nos héros dans l'action.

Eh bien, allons-y!

ALFRED HITCHCOCK.

Chapitre 1

La fête foraine

On était tout au début de septembre. Cet après-midi-là, Hannibal Jones et Peter Crentch s'étaient installés dans l'atelier des Jones — le *Paradis de la Brocante*! — pour y travailler... A dire vrai, c'était Hannibal seul qui travaillait! Peter, lui, se contentait de regarder son camarade. Soudain l'oncle Titus fit son apparition. Il titubait presque sous le poids de deux gros baquets de bois.

« Garçons! annonça-t-il en laissant tomber les deux cuviers devant lui. Voilà du travail pour vous! Il s'agit de me peinturlurer ces trucs-là! Je veux de belles raies rouges, blanches et vertes! »

Peter regarda d'un air ahuri :

« Des raies sur ces baquets? murmura-t-il.

— Tu es pressé, oncle Titus? » demanda Hannibal.

Le gros garçon considérait d'un air navré les multiples petites pièces métalliques éparses sur son établi.

« Babal est en train de construire un nouvel appareil extraordinaire qui nous servira dans nos enquêtes, crut bon d'expliquer Peter.

— Une nouvelle invention, hein ? fit l'oncle Titus qui, très intéressé, en oublia momentanément l'objet de sa venue. Qu'est-ce que c'est au juste ?

— Je n'en sais rien ! soupira Peter. Vous connaissez Hannibal. Je suis là pour l'aider mais il ne me fait pas de confidences. »

Hannibal, le directeur de l'agence des « Trois jeunes détectives », gardait ses inventions secrètes jusqu'au moment où il était sûr qu'elles fonctionnaient. Il avait horreur de l'échec. Et il avait tout autant horreur de laisser un travail en plan...

« Est-ce que nous ne pourrions pas peindre ces baquets un peu plus tard, oncle Titus ? demanda-t-il d'un air malheureux.

— Non, mon garçon. Ils doivent être prêts pour ce soir. Cependant, si vous êtes vraiment trop occupés, je peux les confier à Hans et à Konrad. (Hans et Konrad étaient deux frères, des Bavarois, que les Jones employaient dans leur affaire.) Seulement, s'ils peignent ces baquets, ce sera eux qui les livreront. Ils auront bien mérité une récompense ! »

Hannibal dressa l'oreille.

« Une récompense à la livraison ? » murmura-t-il.

Qui donc pouvait bien avoir acheté ces baquets ? Et à quel usage les destinait-on ?

Peter posa la question. Titus Jones eut un large sourire.

« Si je vous disais que ce sont des sièges pour lions ?

— Bien sûr ! s'écria Peter en éclatant de rire. Je vois très bien des lions prenant des bains de siège dans ces baquets ! »

Hannibal poussa une exclamation. Brusquement, il venait de comprendre...

« Ces baquets ! Retournés et peints, ils feront des tabourets épatants pour les lions d'un cirque !

— Un cirque ! répéta Peter... Si nous leur livrons ces tabourets pour fauves, ils nous donneront peut-être des billets pour assister à la représentation ! »

L'oncle Titus modéra leur enthousiasme.

« Du calme, jeunes gens ! Il ne s'agit pas d'un cirque international mais d'un simple petit cirque de foire. Cependant il donne un spectacle intéressant et la fête foraine dont il fait partie présente de nombreuses attractions. La ménagerie du cirque ne contient qu'un unique lion. Le dompteur a perdu ses tabourets dans un incendie, à ce que j'ai cru comprendre. Comme ce genre de meubles ne se trouve pas facilement dans les magasins, il a fait appel à nous. Alors, j'ai pensé à ces baquets ! »

Titus Jones rayonnait de contentement. Il ne cessait de proclamer que son *Paradis de la Brocante* était une véritable mine. On y trouvait tout ce que l'on voulait ! Rien ne faisait plus plaisir au brave homme que de pouvoir utiliser intelligemment un objet de rebut.

Hannibal semblait songeur :

« Une fête foraine avec cirque... Savez-vous

que le cirque existe depuis la plus haute antiquité ? »

Hannibal usait parfois d'un vocabulaire qui se voulait choisi mais qui laissait assez froid Peter, son lieutenant.

« Je suppose, résuma prosaïquement Peter, que tu veux dire par là qu'on va joliment s'amuser !... "*Carson Amusement Park.*" Voilà que ça me revient ! J'ai vu arriver ses caravanes. La foire s'est installée sur un vaste terrain en bordure de mer.

— On nous permettra peut-être de circuler un peu partout, dit Hannibal qui était toujours en quête de nouveauté.

— Alors ! Qu'est-ce qu'on attend, Babal ? s'écria Peter avec entrain. Je cours chercher la peinture. Prépare les pistolets ! »

Les deux garçons se mirent à la tâche avec ardeur. Une demi-heure plus tard, les deux baquets étaient peints. Tandis qu'ils séchaient, Hannibal et Peter allèrent s'enfermer dans leur Q.G. secret. Ils voulaient calculer combien ils pouvaient dépenser d'argent à la foire.

Le « Quartier Général » de ces messieurs était une vieille caravane qui, tout au fond de la cour, disparaissait sous une montagne d'objets de rebut. Les Détectives ne pouvaient y accéder qu'en se faufilant par des passages secrets qui trouaient la montagne en question. En dehors d'eux plus personne ne savait (depuis le temps qu'elle était là !) où se cachait la caravane-repaire !

Quand la peinture des tabourets fut sèche, Peter enfourcha sa bicyclette et fila jusqu'à la Bibliothèque municipale de Rocky où Bob Andy travaillait à temps partiel pendant l'été. Au sein de l'agence des « Trois jeunes détectives », Bob était le grand spécialiste des « Archives et Recherches ».

Peter le mit au courant de la situation. Bob se montra plein d'enthousiasme à l'idée de voir le cirque et les baraques de la fête foraine. Dès qu'il eut fini son travail, il rentra chez lui à toute vitesse. C'est également à toute allure que les trois garçons expédièrent leur repas du soir. Dès sept heures et demie, ils se mirent en route, après avoir attaché tant bien que mal les deux « tabourets à fauves » sur deux de leurs bicyclettes.

Environ deux cents mètres avant d'arriver à la foire, les trois amis aperçurent les tours et l'enchevêtrement d'échafaudages compliqués et croulants qui marquaient l'emplacement de l'ancien parc d'attractions, depuis longtemps désaffecté.

La fête foraine avait envahi, juste à côté, un terrain vague, proche de l'océan.

La foire n'avait pas encore ouvert ses portes. Des tentes, des baraques en bois et des caravanes bordaient deux larges allées à l'intérieur d'un enclos provisoire, délimité par des barrières blanches.

Le crépuscule commençait à peine à tomber mais, déjà, des guirlandes d'ampoules électriques brillaient de tous leurs feux. La musique du manège jouait pour attirer les visiteurs. Les wagonnets de la grande roue — vides pour l'instant — tournaient déjà. Deux clowns s'avançaient dans l'une des allées. Les badauds assemblés près des barrières étaient impatients d'entrer!

Hannibal, Peter et Bob eurent vite fait de repérer la tente du dompteur. Elle était en effet décorée d'une immense bande de calicot portant, en lettres énormes, ces mots alléchants : DIMITRI IVANOV ET RAJAH, LE PLUS EXTRAORDINAIRE DES LIONS. A peine les trois amis venaient-ils d'entrer qu'un homme de haute taille, vêtu d'un uniforme bleu soutaché d'or et chaussé de bottes noires et brillantes, se précipita vers eux. Sa moustache aux longues pointes frémissait d'émotion :

« Enfin! Des tabourets! Parfait! Donnez-les-moi vite, jeunes gens!

— *Le Paradis de la Brocante* peut fournir tout ce qu'on lui demande! » récita Hannibal.

C'était là un échantillon des phrases chères à l'oncle Titus. Dimitri Ivanov se mit à rire.

« Vous parlez comme un de nos aboyeurs, jeune homme.

— Un " aboyeur "? qu'est-ce que c'est, monsieur? demanda Peter.

— Eh bien, tâchez de deviner..., proposa Dimitri.

— Je parie qu'Hannibal le sait! » s'écria Bob.

Peter et lui s'étaient depuis longtemps aperçus que le chef des détectives connaissait un tas de choses et n'était pas fâché, le cas échéant, d'étaler sa science.

« Je suppose qu'il s'agit d'un bonimenteur, expliqua-t-il sans se faire prier. C'est un homme qui se place à proximité d'une attraction, ou à l'entrée d'un chapiteau, et qui attire la foule en lui vantant la qualité de l'attraction ou l'intérêt du spectacle. Disons que c'est une des formes les plus primitives de la publicité.

— Bravo pour l'explication, jeune homme! lança le Grand Ivan. Ces bonimenteurs doivent avoir une langue bien pendue pour engager les gens à entrer. Il arrive que certains mentent en promettant au public plus qu'il ne lui est offert en réalité. Mais ceux-là ne comptent pas parmi les bons. Celui qui me présente, par exemple, ne raconte pas aux gens que Rajah est un lion féroce. Il leur dit seulement ce qu'il est capable de faire. Avez-vous jamais vu un lion sur un trapèze?

— Comment! s'écria Peter. Rajah fait du trapèze?

— Parfaitement! affirma Dimitri en bombant le torse. D'ailleurs, vous pourrez le voir. La première représentation commence dans une heure. Vous êtes mes invités. Peut-être même vous laisserai-je toucher Rajah!

— Oh! merci, monsieur!» s'écrièrent en chœur les détectives enchantés.

Quand ils sortirent de la tente, la foire avait ouvert ses portes. Les bonimenteurs annonçaient les attractions à la foule des arrivants. Les garçons montèrent sur deux manèges puis s'installèrent dans la grande roue. Un peu plus tard, ils riaient de bon cœur en voyant un clown petit et grassouillet faire des farces et des pirouettes. Puis ils se dirigèrent vers les baraques où l'on pouvait gagner des prix si l'on était assez adroit aux jeux proposés. Il y avait là un jeu de massacre, un jeu d'anneaux et un tir.

« Ils sont tous plus difficiles qu'ils n'en ont l'air, expliqua Hannibal. Prenez par exemple... »

Sa phrase devait rester inachevée. Une discussion venait d'éclater à quelques pas des trois amis.

« Vous êtes un escroc! Donnez-moi mon prix! »

Celui qui criait ainsi était un homme grand, d'âge mûr, coiffé d'un chapeau qui lui cachait en partie le visage. Sa bouche disparaissait sous une énorme moustache. Il portait des lunettes noires bien qu'il fît déjà presque nuit. Il gesticulait devant le garçon blond qui tenait le stand de tir.

Tout à coup, il lui arracha des mains un animal en peluche et s'enfuit en courant.

Le jeune garçon blond poussa un hurlement indigné :

« Au voleur! Arrêtez-le! Au voleur! »

Chapitre 2

« Au voleur ! »

« Gare ! » cria Peter.

L'avertissement vint trop tard. Le fuyard, qui avait tourné la tête pour voir si on le poursuivait, entra en collision avec Hannibal. Tous deux roulèrent sur le sol.

« Ouille ! » fit le gros garçon, à demi écrabouillé sous le voleur.

Deux policiers accouraient à grandes enjambées.

« Hé vous, là-bas ! Attendez ! » crièrent-ils à l'homme aux lunettes noires.

Celui-ci se releva d'un bond, ramassa l'animal qu'il avait laissé échapper et le mit sous son bras. Puis il agrippa Hannibal par le col de sa chemise.

« N'approchez pas ! jeta-t-il aux policiers. Sinon... »

Sur quoi il se dirigea vers la sortie en traînant Hannibal à sa suite. Bob et Peter ne pouvaient que regarder, impuissants. Les deux policiers se séparèrent pour tenter de cerner le voleur. Celui-ci vit leur manœuvre, regarda autour de lui pour évaluer les distances... Hannibal, qui s'était tenu tranquille jusque-là, saisit sa chance... Profitant de cet instant d'inattention de l'homme, il se dégagea brusquement de son étreinte et s'enfuit. Le voleur poussa une exclamation et tendit le bras comme pour rattraper son otage. Dans ce mouvement, l'animal en tissu qu'il avait fourré sous son bras lui échappa. Avec un juron, il le ramassa, renonçant à poursuivre Hannibal. Puis il détala à son tour vivement vers la sortie.

« Arrêtez-le ! » hurla Hannibal aux gardes.

Ceux-ci se ruèrent en avant, suivis des trois jeunes détectives. L'homme aux lunettes noires courait droit vers la plage. Il disparut au coin de la haute palissade de bois qui clôturait l'ancien parc d'attractions. Les gardes ralentirent.

« Voilà qui est parfait ! déclara l'un d'eux. Nous le tenons maintenant !

— Ça, c'est sûr ! renchérit Peter, hors d'haleine. Ce chemin finit en impasse. La palissade descend jusqu'à la mer. Notre bonhomme est fait comme un rat.

— Attendez-nous ici ! » ordonnèrent les policiers aux trois garçons.

Dégainant leurs pistolets, ils contournèrent la palissade. Les trois garçons les virent disparaître et, obéissants, attendirent leur retour. Mais les policiers ne revenaient pas. Hannibal piétinait d'impatience.

« Ce n'est pas normal, finit-il par murmurer. Allons voir ! »

Prudemment, les trois amis tournèrent le coin de la haute palissade. Ils s'arrêtèrent presque aussitôt, très surpris. Les deux gardes étaient là, tout seuls. Le voleur moustachu avait disparu!

«Nous ne l'avons même pas aperçu! grommela l'un des policiers. On dirait qu'il s'est volatilisé juste après ce tournant.»

Stupéfaits, les détectives jetèrent un regard autour d'eux. Ils se trouvaient sur une mince bande de terrain herbeux. D'un côté : la haute palissade. De l'autre : l'océan! L'extrême bout de la palissade se prolongeait par une grille de fer qui descendait jusque dans l'eau. Autrement dit, cette parcelle de terrain, en forme de rectangle, n'était accessible qu'en un seul endroit : celui, précisément, par lequel le voleur et ses poursuivants étaient arrivés!

«Pas possible! bougonna le deuxième policier. Nous avons dû avoir la berlue! Notre gibier n'a pas pu passer par là!

— Il s'est peut-être enfui à la nage! suggéra Bob.

— Il n'en aurait pas eu le temps, mon garçon. Nous l'aurions vu au milieu des vagues.

— Cependant, il a bien tourné ici. Je l'ai vu distinctement! affirma Hannibal. La nuit est assez claire.»

Peter, cependant, s'était mis à fouiner alentour. Brusquement il se redressa et tendit à ses camarades un objet qu'il venait de ramasser :

«Regardez!»

Il brandissait d'un air triomphant l'animal en

peluche que l'homme aux lunettes noires avait tenté de voler :

« Chouette ! ajouta-t-il. Nous l'avons récupéré !

— Le voleur a dû le perdre dans sa fuite, déclara Bob. Mais ce que j'aimerais savoir, c'est par où il a pu filer. »

C'est en vain que, depuis un bon moment, il inspectait le terrain autour de lui.

Le premier policier avança une hypothèse :

« Il y a certainement une ouverture dans cette palissade.

— Oui, approuva le second. Une porte ou une brèche quelconque.

— Ou encore un tunnel qui passe dessous ! » suggéra Peter.

Tous se mirent alors à examiner la palissade sur toute sa longueur, jusqu'à la grille. Ils ne trouvèrent rien.

« Pas le moindre passage, annonça Hannibal. Cette palissade paraît en excellent état. Et aucun tunnel n'a été creusé dessous.

— C'est incroyable ! grommela l'un des policiers. Notre voleur doit avoir des ailes ! Sinon, je ne vois pas du tout comment il aurait pu nous échapper !

— Cette clôture, fit remarquer l'autre, a plus de trois mètres cinquante de haut... Et elle ne présente pas la moindre aspérité. Je ne vois guère quelqu'un en train de l'escalader ! »

Tandis que chacun avait les yeux fixés sur la palissade, Hannibal réfléchissait, sourcils froncés.

« Si le voleur ne s'est pas jeté à l'eau, s'il n'a

pas creusé de tunnel et s'il ne s'est pas envolé, murmura-t-il, il ne reste qu'une seule solution : il est passé par-dessus l'obstacle!

— Impossible! insista le policier.

— Voyons, Babal! dit Peter. Comment veux-tu qu'un homme puisse grimper à cette palissade sans aide? Elle n'offre aucune prise, tu le vois bien!

— Peter a raison, renchérit Bob. Le voleur n'a pas pu sauter de l'autre côté!

— Oui... cela semble évident, reconnut Hannibal. Néanmoins, comme il n'existe aucune autre explication logique, je persiste à croire que c'est de cette façon qu'il nous a échappé. Quand on a rejeté toutes les hypothèses et qu'il n'en reste qu'une, c'est forcément celle-là la bonne, même si elle paraît insensée.

— Bah! fit l'un des policiers. Que ce soit d'une manière ou d'une autre, notre homme a disparu. Nous devons regagner notre poste. Nous rendrons son lot au gamin qui tient le tir.»

Tout en parlant, il tendait déjà la main vers l'animal-fétiche que Peter tenait toujours. Hannibal parut sortir de sa rêverie. Il sourit au policier :

«Si cela ne vous ennuie pas, dit-il, nous préférerions le rendre nous-mêmes. De toute façon, nous voulons essayer de gagner quelque chose dans cette baraque.

— Comme vous voudrez, concéda le policier. Rapportez-le au stand. Cela nous économisera du temps.»

Les policiers s'éloignèrent rapidement, laissant les trois garçons retourner sans se presser au champ de foire.

« Nous n'avons jamais eu l'intention de faire un carton au stand de tir, Babal ! fit remarquer Peter, surpris de la décision de son camarade.

— Peut-être n'en ferons-nous pas, mon vieux, répondit Hannibal, mais j'aimerais bien questionner un peu le garçon auquel le voleur a arraché ce lot ! »

Il montrait de l'index le jouet que Peter tenait toujours. A dire vrai, les trois garçons le regardaient réellement pour la première fois. Ce qu'ils virent alors les laissa un moment sans voix. Puis Peter s'exclama d'un ton ironique :

« Pour un prix, c'est un prix ! Un véritable prix de beauté ! Non, mais, regardez-moi ça ! »

Il fallait reconnaître que le chat était tout bonnement horrible ! C'était une sorte de chat-fétiche en peluche, de trente centimètres de haut. Il était de couleur noire et portait un collier rouge. Ses pattes ressemblaient à des tire-bouchons. Son corps lui-même était tordu comme un Z. La bouche ouverte de l'animal découvrait des dents blanches et pointues. On eût dit un petit monstre prêt à cracher ! L'une de ses oreilles pendait lamentablement. Enfin, il avait des yeux de faïence ; grâce à un petit mécanisme, il clignait de l'œil droit. C'était le chat le plus extravagant qu'ils aient jamais vu !

« Il faut admettre qu'il n'est pas banal, déclara Hannibal. Je me demande bien pourquoi cet homme tenait tant à l'avoir en sa possession ?

— Peut-être fait-il collection d'animaux en

peluche! suggéra Bob. Papa prétend qu'un véritable collectionneur ne recule devant rien pour s'approprier la pièce qu'il convoite!

— Tu crois que notre voleur collectionne les chats? lança Peter d'un ton moqueur. C'est ridicule, mon vieux. Celui-ci n'a pas la moindre valeur!

— Il est évident, admit Hannibal, que cela semble un peu loufoque. Cependant, les collectionneurs sont parfois des gens étranges. Certains richards n'hésitent pas à acquérir des tableaux de maître volés, tout en sachant parfaitement qu'ils devront les tenir cachés. Ce sont des obsédés. Et les collectionneurs obsédés commettent souvent des actions insensées... Pourtant, je ne crois pas que notre voleur soit un collectionneur. Il y a de grandes chances pour que ce soit simplement un de ces kleptomanes qui ne peuvent pas s'empêcher de chaparder. Il est également possible qu'il ait été de bonne foi en réclamant un prix qu'il estimait avoir gagné. Voyant qu'on le lui refusait, il est devenu méchant.

— Mais dans un cas semblable, fit remarquer Peter, aucun de nous ne deviendrait aussi violent, il me semble!»

Quand le trio arriva devant le stand de tir, le garçon aux cheveux blonds eut un joyeux sourire.

«Chic! s'écria-t-il. Vous me rapportez mon chat. A-t-on pincé le voleur?

— Il a réussi à s'échapper, expliqua Peter, mais nous avons récupéré votre bien!»

Il rendit l'animal en peluche à son propriétaire. Celui-ci le remercia puis hocha la tête avec colère :

«Quel mauvais joueur! Il n'avait touché que trois canards sur cinq. Et malgré cela il réclamait un lot! C'est rudement gentil de votre part de lui avoir donné la chasse!»

Il sourit de nouveau et se présenta :

«Je m'appelle Ronny Carson. Mon père m'a chargé de tenir ce stand. Etes-vous aussi des gens du voyage?»

Peter ouvrit de grands yeux :

«Des gens du quoi? demanda-t-il.

— Il veut dire des gens de cirque... ou encore des forains, expliqua Hannibal... Non, Ronny. Nous habitons ici, à Rocky. Je m'appelle Hannibal Jones et voici Bob Andy et Peter Crentch.

— Ravi de vous connaître! dit Ronny, Moi, je suis un vrai forain; pas un simple apprenti. A seize ans, j'ai les mêmes fonctions qu'un adulte... et cela me fait bien plaisir.

— Il y a de quoi, en effet, admit Bob.

— Il faut dire, ajouta Ronny avec franchise, que mon père est le propriétaire de la foire. Mais il ne me fait pas de faveur particulière, vous savez! Il dit que je trime dur et que je vaux un homme... Dites donc! Ça vous ferait plaisir d'essayer de gagner un prix?

— Moi, c'est un gros lot que je vise! s'écria Peter. J'aimerais bien avoir ce drôle de chat!

— Nous pourrions en faire notre mascotte! suggéra Bob.

— Pourquoi pas? fit Hannibal. Allez, Peter! Essaie!»

Le sourire de Ronny Carson s'élargit :

« Tu as cinq coups pour atteindre cinq cibles, expliqua-t-il à Peter. Si tu réussis, le chat qui cligne de l'œil est à toi. C'est notre plus beau lot. Avec un peu d'adresse, c'est faisable. Quatre de mes chats ont déjà été emportés.

— Je vais gagner le cinquième ! » annonça Peter avec assurance.

Déjà il tendait la main vers le râtelier aux fusils quand un cri de Ronny l'arrêta net.

« Hé, là ! Attends un peu ! » dit le jeune forain.

Chapitre 3

Un moment pathétique

« Qu'y a-t-il ? » demanda Peter, surpris.

Ronny sourit, se colla un petit chapeau de paille sur le crâne et se lança dans un boniment destiné à attirer la foule :

« Un instant, jeune homme ! Je comprends votre impatience à montrer votre adresse... Ici, tout le monde gagne ! Regardez un peu la beauté de nos lots... Allons, messieurs dames, laissez les coudées franches à notre tireur d'élite... »

Il continua ainsi, entremêlant son discours de plaisanteries qui faisaient rire les spectateurs groupés autour du stand. C'était à coup sûr un excellent bonimenteur. Il jonglait avec les mots, gesticulait. Enfin il s'arrêta et invita Peter à tirer.

Peter, très détendu, prit une carabine. Il considéra durant quelques secondes le défilé des petits canards mécaniques constituant les cibles, puis il épaula, visa avec soin et tira trois fois coup sur coup, abattant à chaque fois un canard.

Ronny applaudit bruyamment :

« Bravo, Peter! Fais bien attention à présent! Il ne te reste plus que deux coups! »

Peter visa de nouveau et toucha un quatrième canard.

« Un coup encore! dit Ronny. Détends-toi... »

Tout en parlant, Ronny faisait un clin d'œil à Bob et à Hannibal. Ceux-ci comprirent : les avertissements du jeune forain, aussi bien que ses encouragements, n'avaient d'autre but que de rendre Peter plus nerveux, diminuant ainsi ses chances de réussir. Mais Peter était un dur à cuire en son genre. Il visa posément, tira... et abattit son cinquième canard.

« J'ai gagné! » annonça-t-il, tout fier.

Ronny se montra beau joueur :

« Bravo, mon vieux! Tu es un tireur habile. Voici mon dernier chat. Il va falloir que je trouve un nouveau gros lot avant de recevoir la prochaine livraison. Je pense que des globes lunaires feront l'affaire. J'en ai quelques-uns en réserve. »

Les yeux d'Hannibal se mirent à briller :

« Tu veux vraiment dire... des globes représentant la Lune? On n'en trouve pas tellement encore dans le commerce, tu sais, Ronny. Est-ce que nous pourrions en gagner un?

— Tu n'as qu'à tenter ta chance! » répondit Ronny qui, reprenant son ton de bonimenteur, ajouta : « Il suffit de savoir viser et d'avoir la main ferme. Cinq coups pour cinq pièces de dix *cents*! Par ici, messieurs dames!»

Tandis que Peter et Bob riaient, Hannibal prit une carabine et paya Ronny. Puis il visa longuement et abattit deux canards. Malheureusement, il manqua le troisième.

«Laisse-moi essayer, Babal!» dit Bob.

Mais sa série ne fut pas meilleure que celle du chef des détectives : il ne renversa que deux canards! Là-dessus, Peter tenta de gagner le globe lunaire convoité par Hannibal. Cette fois, il ne fut pas aussi heureux que la première.

«Simple déveine, assura Ronny. Ça ne peut pas durer. Essaie encore.»

Mais Peter, en garçon prudent, déclina l'offre.

«Non, merci! Je préfère en rester là. Du moins ai-je gagné le chat!»

Cependant, une foule d'instant en instant plus nombreuse circulait autour des baraques. Le tir attirait beaucoup de monde. Ronny se lança dans un discours extravagant. Les trois détectives restèrent là, prenant plaisir à l'écouter parler. Soudain, Ronny s'avisa qu'il annonçait un globe de la Lune comme gros lot... et qu'il n'en avait pas un seul à montrer à son public.

«Hannibal, dit-il vivement, passe derrière le comptoir et garde le stand un moment, veux-tu?... Le temps que j'aille chercher les globes! Peter et Bob pourront m'aider à en transporter quelques-uns si ça ne les embête pas...

— Bien sûr que non, Ronny! assura Bob. Prends vite sa place, Babal!»

Hannibal n'avait pas besoin qu'on le presse. Il passa derrière le comptoir sans se faire prier et, sur-le-champ, se mit à «bonimenter» à la manière de Ronny. Les badauds semblèrent prendre grand plaisir à ses discours. Le chef des détectives en fut tout heureux.

Pendant ce temps, Bob et Peter suivaient le jeune forain derrière la baraque. Là, ils aperçurent une petite remorque à bagages qu'éclairait seulement le reflet des lumières de la foire.

«Je la gare là, tout près du stand de tir, expliqua Ronny, afin de pouvoir y jeter un coup d'œil de temps à autre. C'est qu'il y a toujours des gens qui profitent des foires pour voler dans les roulottes et les remorques.»

Il ouvrit le cadenas qui fermait le couvercle du véhicule et retira de celui-ci six petits globes de verre reproduisant la Lune. Puis il se retourna pour confier deux des globes à Bob.

«Bob, s'il te plaît», commença-t-il.

Il s'interrompit brusquement. Ecarquillant les yeux, il regarda, au-delà de Peter, en direction de la baraque voisine. Enfin, baissant la voix, il murmura :

«Ne bougez pas! Restez parfaitement immobiles!»

Bob fronça les sourcils.

«Ecoute, Ronny. Ne recommence pas tes boniments... Nous...»

Mais Ronny ne plaisantait pas. Son regard trahissait une anxiété réelle...

«Je ne blague pas! murmura-t-il... Faites attention... Retournez-vous très doucement. Et, surtout, ne vous mettez pas à courir... Ne faites pas de gestes brusques... C'est Rajah!»

Pétrifiés, Bob et Peter regardaient leur nouvel ami avec des yeux ronds. Peter avala sa salive avec difficulté.

Puis tous deux, très lentement, se retournèrent. Entre l'endroit où ils se tenaient et la baraque suivante s'étendait un espace couvert d'une maigre pelouse, invisible de l'allée voisine. Et dans cet espace, à quelques mètres seulement des trois garçons, se trouvait un lion énorme, à la crinière noire!

Chapitre 4

Le courage de Peter

« Reculez vers le tir, sans vous presser, conseilla Ronny dans un souffle. Rajah n'est pas un lion dangereux. Il a été bien dressé. Mais il pourrait prendre peur et alors, Dieu sait de quoi il serait capable. Une fois à l'abri dans le stand, nous ne risquerons plus rien... et il y a le téléphone. Je demanderai du secours. »

Personne encore n'avait aperçu le lion échappé : le fauve s'était à demi allongé sur le sol, entre la baraque et la remorque. Ses yeux dorés brillaient, fixés sur les trois garçons. Il ouvrit brusquement la gueule, laissant voir d'énormes dents jaunes. Sa queue, terminée par une touffe de poils bruns, s'agitait fébrilement.

« Mais, fit remarquer Peter d'une voix tremblante, si nous nous réfugions dans le stand, Rajah peut nous suivre jusque dans l'allée, au milieu de la foule. Alors, ce sera la panique.

— Je sais. Sans compter que les lumières et les cris risquent d'effrayer l'animal... Mais il nous faut à tout prix appeler Dimitri à la rescousse.»

Peter n'arrivait pas à quitter des yeux le lion.

«E... écoutez! murmura-t-il. Allez tous deux à la baraque de tir et téléphonez à Dimitri! Moi... eh bien! j'ai travaillé avec mon père quand il tournait des films d'animaux... Je ferai de mon mieux. Ce serait bien plus dangereux si nous tentions de fuir tous les trois ensemble.

— Peter!» s'écria Bob, effrayé.

L'exclamation de Bob parut troubler le lion qui rugit faiblement.

«Vite! Pressez-vous!» chuchota Peter.

Le grand garçon, pour sa part, ne bougea pas d'un pouce. Bien campé sur ses jambes, il regardait en face le lion qui, maintenant, semblait prêt à bondir. Bob et Ronny commencèrent à battre en retraite vers la baraque. Le lion fit un mouvement dans leur direction. Il les regardait avec des yeux flamboyants. Le fait de se trouver ainsi hors de sa cage le rendait manifestement nerveux et inquiet. Peter se mit à parler, d'une voix calme mais ferme. Rajah se tourna de son côté :

«Tout doux, Rajah! dit Peter. Couché, Rajah! Couché!»

Il modulait bien les mots, avec force et douceur à la fois.

Son intonation était celle d'une personne certaine d'être obéie. Le fauve s'immobilisa. Ses yeux jaunes surveillaient Peter.

«Tout doux. Rajah! répéta le jeune garçon. Tu es une brave bête, Rajah!»

La queue du lion s'agitait lentement. L'animal, toujours en alerte, ne cessait de regarder Peter. On sentait qu'il connaissait son nom mais s'étonnait de l'entendre prononcer par un inconnu. Peter n'essaya pas de se retourner pour voir si Ronny et Bob s'étaient repliés vers le tir, comme convenu. Il n'osait pas quitter le lion des yeux.

« Couché, Rajah ! »

Il insistait sur l'ordre donné :

« Couché, Rajah ! »

Le lion fouetta l'air de sa queue, regarda autour de lui puis, lourdement, se laissa choir sur l'herbe. Après quoi, levant la tête, il se remit à fixer Peter comme un gros chat prêt à ronronner.

« Bien, Rajah ! Très bien, Rajah ! » approuva Peter, soulagé.

Au même instant, le jeune garçon entendit courir derrière lui... Dimitri le dépassa... Le dompteur n'était muni que d'un bâton et d'une longue chaîne. Parvenu à quelques pas du lion, il se mit à lui parler d'une voix à la fois douce et ferme, exactement comme Peter venait de le faire. Un instant plus tard, il fixait la chaîne à un collier caché parmi les longs poils du fauve. Alors, tirant le lion docile, il le ramena vers la zone d'ombre, en direction de sa cage.

Pour la première fois depuis le début de l'incident, Peter respira.

« Ouf ! » fit-il, soudain tout pâle.

Bob, Hannibal et Ronny se précipitèrent vers lui.

« Peter ! Tu as été magnifique ! s'écria Ronny.

— Ça, c'est vrai, mon vieux ! ajouta Hannibal

avec force. Personne ne s'est seulement aperçu que Rajah s'était échappé. Tu as certainement évité une panique générale!

— Moi, la frousse me coupait le souffle», avoua Bob.

Peter rougit sous les louanges. Au même instant, les quatre garçons virent Dimitri qui revenait vers eux à grandes enjambées. Le dompteur était un peu pâle, lui aussi. Sa large main s'abattit sur l'épaule de Peter, en un geste d'amitié et de reconnaissance.

«Vous avez été très brave, jeune homme! déclara-t-il avec emphase. Vous avez fait preuve de courage autant que d'habileté. Rajah est dressé. On peut même dire qu'il est apprivoisé. Il ne ferait de mal à personne. Mais si le public avait aperçu mon fauve en liberté, vous pouvez parier que tout le monde aurait été frappé de panique. Les cris des gens auraient effrayé Rajah. Et alors, Dieu sait ce qui serait arrivé.»

Peter sourit, un peu confus.

«Je savais que Rajah n'était pas méchant, monsieur. Ronny nous l'avait signalé. De plus, mon père m'a un peu appris la façon d'approcher les animaux sauvages.»

Dimitri fit un signe de tête approbateur :

«Eh bien! votre père s'est montré bon professeur. Rajah a besoin de s'entendre donner des ordres d'une voix ferme. Je vous dois beaucoup, jeune homme... Sans vous... Par exemple, il y a une chose que je ne comprends pas... J'ai trouvé la porte de la cage ouverte... Comment a-t-elle pu s'ouvrir? Enfin...» Le dompteur eut un large sourire et ajouta : «Et maintenant, jeunes gens, si je vous proposais de venir me voir travailler de tout près ? Qu'en pensez-vous ?

— Nous pouvons vraiment, monsieur ? demanda Peter tout joyeux.

— Certainement ! Venez me rejoindre dans ma tente d'ici quelques minutes. Je vais m'assurer que Rajah est en forme pour notre numéro. »

Le dompteur disparut sous sa tente. Les détectives restèrent auprès de Ronny Carson un petit moment, le temps de le voir « reprendre son baratin » comme il disait. Les gens se pressaient maintenant devant le stand de tir. Ronny était très occupé.

Le laissant à son travail, Hannibal, Bob et Peter prirent, sans se presser, le chemin de la tente du dompteur. Au passage, ils s'amusèrent des grimaces des deux clowns qui s'étaient mêlés à la foule.

Ils avaient déjà remarqué le premier, petit et gros. L'autre, qui lui servait de partenaire, était une espèce d'échalas à la figure triste. Au milieu de son visage barbouillé de blanc, un nez rouge, long et pointu, émergeait comme un cap.

Le grand clown, vêtu à la manière d'un vagabond, portait un pantalon ample, déformé, serré au bas des jambes par des bouts de ficelle. Par moments, le gros nez du petit clown s'allumait et s'éteignait comme une enseigne au néon.

Ce petit clown faisait d'invraisemblables cabrioles autour de son compère. Celui-ci le considérait d'un œil lugubre, puis essayait de l'imiter mais, à chaque fois, échouait lamentablement. A chacun de ses échecs, sa figure s'allongeait un peu plus, provoquant les rires du public. Soudain, le petit clown rata sa dernière pirouette et s'étala dans la poussière. Alors, pour la première fois, un large sourire éclaira la face triste du grand clown.

Les garçons applaudirent sans réserve.

«Voilà un excellent numéro, déclara Hannibal. Avez-vous remarqué qu'il est construit autour du sourire final du grand dadais? Les gens aiment bien voir triompher au bout du compte ceux qui n'ont pas eu de chance...

— Mais le grand clown n'a pas réellement triomphé! objecta Bob.

— Sans doute, mais son compère ayant raté son tour, cela les rapproche. C'est en quelque sorte la revanche de la médiocrité sur la supériorité arrogante.

— Ce que tu parles bien, Babal!» soupira Peter, admiratif.

Quand il le voulait, Hannibal était très capable de raisonner comme un adulte. Il ne manquait pas de psychologie.

Les détectives, s'étant remis en marche, arrivèrent bientôt à la tente du dompteur. Derrière la tente se trouvait la cage où Dimitri faisait sa démonstration de dressage. Un trapèze était suspendu aux barreaux de la grille tenant lieu de plafond. Les deux tabourets qu'avaient peints Peter et Hannibal étaient disposés à terre.

Dimitri s'apprêtait à commencer son numéro. Il fit un signe amical au trio et pénétra dans la cage. Il claqua des doigts. Aussitôt, Rajah fit son apparition au bout d'un couloir grillé qui débouchait directement dans la cage...

Le fauve rejoignit son maître en rugissant d'une manière impressionnante. Puis, en grognant, il fit le tour de la grande cage, s'arrêtant de temps à autre pour menacer le dompteur de ses formidables griffes.

Les Détectives sourirent. Ils savaient que le comportement de Rajah faisait partie du numéro. Le lion était dressé à montrer de la férocité...

Bientôt, les yeux des jeunes garçons se mirent à briller au spectacle de cette démonstration passionnante. Dimitri ordonna successivement à Rajah de sauter, de se rouler par terre, de bondir d'un tabouret à l'autre, d'exécuter certains pas de danse, et, pour finir, de s'élancer sur le trapèze et de s'y balancer un instant!

Les spectateurs, installés en demi-cercle autour de la cage, applaudirent à tout rompre.

« Eh bien! s'exclama Peter. Dire que tout ce que j'ai obtenu de lui est qu'il se couche.

— Dimitri est sensationnel! renchérit Bob. Qu'est-ce que tu en penses, Babal? »

Mais Hannibal avait disparu. Finalement, ses camarades l'aperçurent, un peu plus loin derrière la cage où le dompteur et Rajah saluaient le public... Le détective en chef fit signe à ses amis de venir le rejoindre.

« Qu'y a-t-il? » lui demanda Bob, intrigué.

Sans répondre, Hannibal désigna la partie cachée de la tente : celle qu'un écran de toile dissimulait aux yeux du public. Le couloir muni de barreaux par lequel Rajah avait débouché dans la grande cage partait d'une autre cage, plus petite, montée sur roues. C'était là, de toute évidence, la demeure du fauve.

Hannibal montra à ses camarades l'énorme cadenas suspendu à la porte de la cage roulante :

« Regardez ! leur dit-il. Quelqu'un a fracturé ce cadenas. Autrement dit, quelqu'un a délibérément permis à Rajah de s'évader ! »

Chapitre 5

Une ombre menaçante

«Je n'arrivais pas à comprendre, poursuivit Hannibal, comment on avait pu ouvrir la cage de Rajah sans que Dimitri le remarque. Cela me turlupinait. Je suis donc venu ici regarder ce cadenas de près... Et voyez ce que j'ai découvert... Autour du trou de la serrure, on aperçoit des éraflures brillantes. Ce cadenas a été forcé il n'y a pas longtemps!

— Tu en es sûr, Babal? demanda Bob.

— Certainement! Rappelez-vous ce livre que nous avons au Quartier Général. Il traite des méthodes employées par les criminels. Eh bien, ces marques que vous voyez sur l'acier du cadenas sont identiques à celles décrites dans le bouquin au chapitre des effractions.

— Nom d'un chien! dit Peter. Qui diable aurait intérêt à lâcher un lion dans la nature?»

Les trois détectives réfléchissaient à la question quand un tonnerre d'applaudissements leur parvint. Le public saluait la sortie du dompteur et de Rajah. On entendit le claquement d'une porte métallique et le lion parut, pour remonter fièrement le couloir, jusqu'à sa cage personnelle. Les trois amis considérèrent l'énorme fauve.

« Celui qui a ouvert sa cage doit être cinglé, émit Bob.

— Cinglé... ou plein de haine envers ses semblables, Bob ! répondit Hannibal. Mais rien n'est certain. Il peut y avoir un autre motif...

— Un motif ! Mais lequel ? soupira Peter.

— Peut-être voulait-on effrayer le public et torpiller la foire, suggéra le chef des détectives. Ou encore jouer au héros en capturant le lion en liberté. Ou encore faire diversion tandis qu'on commettait un autre acte criminel ailleurs...

— Mais rien d'autre ne s'est produit, Babal ! fit remarquer Peter.

— Et personne n'a tenté de ramener Rajah dans sa cage avant l'arrivée de Dimitri, ajouta « Archives et Recherches ».

— A mon avis, déclara le détective en chef, Peter est intervenu trop vite. Il est possible qu'il ait déjoué ainsi les plans du mystérieux coupable.

— Si quelqu'un a cherché à torpiller la foire, c'était tout de même un moyen bien dangereux, vous ne trouvez pas ? dit Bob.

— Je me le demande, soupira Hannibal, perplexe. Ronny lui-même savait que Rajah n'était pas réellement méchant. Tous les forains travaillant avec Carson sont sans doute au courant de cette particularité.

— Tu penses donc qu'il s'agit de quelqu'un de la foire? demanda Bob.

— Ma foi, oui. Rajah a certainement été lâché par quelqu'un qui savait ne courir aucun risque.

— Dans ce cas, mon vieux, je ne vois qu'un suspect possible : Dimitri en personne! Et je ne l'imagine guère en train de fracturer son propre cadenas!

— Pourquoi pas? Ainsi nul ne risquait de le soupçonner», fit remarquer Hannibal.

Le détective en chef demeura pensif un moment avant d'ajouter :

«Je trouve curieux que Dimitri ne se soit pas aperçu plus tôt de la disparition de Rajah. L'ennui, voyez-vous, c'est que nous n'en savons pas encore assez pour...

— Pour quoi? s'enquit Peter. Tu veux dire que nous allons...

— Enquêter? acheva Bob avec enthousiasme. Voilà en effet un beau mystère digne des trois détectives!

— Certainement! répliqua Hannibal. Il me semble... »

Il s'interrompit brusquement et porta un doigt à ses lèvres. Puis, d'un signe de tête, il désigna le mur de toile, au fond de la tente... Bob et Peter regardèrent dans cette direction.

Une silhouette gigantesque se dessinait dessus en ombre chinoise. On aurait dit celle d'un homme sans vêtements! On distinguait nettement ses larges épaules et aussi sa tête hirsute penchée en avant, comme s'il écoutait.

« Dehors, les copains ! » ordonna vivement Hannibal.

Il n'y avait heureusement pas d'issue dans le fond de la tente. Les détectives furent obligés de sortir par l'ouverture proche de la grande cage, puis de faire le tour avant d'arriver à l'endroit où ils avaient aperçu l'ombre suspecte. Mais, quand ils y arrivèrent, il n'y avait plus personne.

« Il a dû nous entendre ! chuchota Bob. Pourtant, nous n'avons pas fait de bruit. »

Un pas lourd résonna derrière eux.

« Tiens, tiens, mes gaillards ! Que faites-vous ici ? » demanda une grosse voix.

Surpris, ils se retournèrent en sursautant. Une espèce de colosse se tenait devant eux, les foudroyant d'un regard noir. Il tenait à la main, un marteau à long manche.

« Nous... nous ne faisions que... que... », bégaya Peter.

Au même instant, Ronny Carson apparut derrière le géant. A la vue des trois détectives, son visage s'illumina :

« Alors, mes amis ? dit-il joyeusement. On dirait que mon père a fini par vous trouver ! »

Peter avala sa salive :

« Ton père ?

— C'est vrai, jeunes gens ! » Le colosse sourit et posa son marteau à terre. « Je vous cherchais pour vous remercier, au nom de tous les forains ! Sans vous, Rajah aurait semé la panique dans la foule... J'étais à l'autre bout du terrain, en train d'encourager un de nos nouveaux bonimenteurs! Autrement, Ronny m'aurait trouvé tout de suite.

— Mon père désirerait vous récompenser, dit Ronny. Nous aimerions que vous emportiez de la foire un autre souvenir que le chat en peluche!

— Mon chat! s'écria brusquement Peter en regardant autour de lui. Je l'ai perdu!

— Quel chat? demanda M. Carson, surpris.

— Un des gros lots de notre tir, papa, expliqua Ronny. Peter l'avait gagné.

— Peut-être l'as-tu laissé dans la tente de Dimitri», suggéra Bob.

Mais le chat n'y était pas... pas plus qu'il n'était, d'ailleurs, dans le stand de tir, ou autour, ou à l'endroit où Peter avait apaisé Rajah.

«Je suis sûr que je l'avais, juste avant de voir le lion! déclara Peter d'un air malheureux. J'ai dû le laisser tomber et quelqu'un l'aura ramassé.»

Hannibal piaffait d'impatience.

«Voilà bien des histoires pour un malheureux chat! dit-il à Peter. Je suis sûr que Ronny pourra t'en procurer un autre, Peter!... Monsieur Carson, lorsque nous...»

Ronny l'interrompit :

«Eh non! je ne pourrai pas procurer un autre chat à Peter! Rappelez-vous ce que je vous ai déjà dit : c'était mon dernier! J'en avais cinq! Ils sont tous partis!

— Bah! Nous trouverons quelque chose de mieux qu'un chat», assura M. Carson.

Incapable de se contenir davantage, Hannibal éclata :

« Avez-vous des ennuis avec votre foire, monsieur Carson ? demanda-t-il tout de go.

— Des ennuis ? répéta l'interpellé en posant son regard pénétrant sur le détective en chef. Pourquoi me posez-vous cette question, jeune homme ?

— C'est que, juste avant votre arrivée, monsieur, nous avons repéré un homme qui nous épiaït, alors que nous étions dans la tente de Rajah.

— Qui vous épiait ? » répéta encore le directeur de la fête foraine en fronçant les sourcils. Puis il se mit à rire : « Vous devez faire erreur ! Votre imagination vous joue des tours depuis l'histoire de Rajah.

— C'est possible, répliqua Hannibal, un rien pincé. Cependant, ce que nous avons découvert juste avant d'apercevoir l'indiscret n'est certainement pas un effet de notre imagination... Rajah ne s'est pas échappé ! Quelqu'un a délibérément ouvert sa cage ! »

M. Carson lui jeta un regard plus pénétrant encore.

« Venez avec moi jusqu'à ma caravane », proposa-t-il brusquement aux détectives.

La plupart des caravanes, gros camions, voitures et remorques appartenant aux gens de la foire étaient garés dans le champ voisin. M. Carson et Ronny habitaient dans une vaste caravane moderne. A l'intérieur de la pièce principale se trouvaient des banquettes-lits, des chaises, un bureau couvert de paperasses, un petit coffre-fort et un immense panier plein de lots plus ou moins endommagés destinés à être réparés : chiens bourrés de son, poupées cassées, chats en peluche poussiéreux...

« C'est moi qui suis chargé de les remettre en état ! » expliqua fièrement Ronny.

Son père avait l'air soucieux :

« Asseyez-vous, jeunes gens, et exposez-moi vos soupçons ! »

Hannibal lui fit part de ce qu'il avait découvert au sujet de la cage de Rajah.

« Je connais les différentes façons de forcer les serrures et autres fermetures, monsieur, et j'ai relevé des marques caractéristiques sur le cadenas. Mes camarades et moi, nous sommes des détectives expérimentés. »

Là-dessus, il tendit à M. Carson la carte de visite du trio.

LES TROIS JEUNES DÉTECTIVES

Détections en tout genre

? ? ?

Détective en chef : HANNIBAL JONES
Détective adjoint : PETER CRENCH
Archives et Recherches : BOB ANDY

M. Carson sourit :

« C'est un passe-temps agréable, mes amis, mais...

— C'est plus qu'un passe-temps, monsieur,

affirma Hannibal avec orgueil. La police de Rocky se porte garante du sérieux de nos activités. »

Il présenta une seconde carte au directeur de la foire :

Le présent certificat atteste que les Trois jeunes détectives coopèrent volontairement avec la police de Rocky. Toute aide qu'on pourra leur apporter sera hautement appréciée par nous.

Signé : SAMUEL REYNOLDS
Chef de la Police.

« Je vous prie de m'excuser, jeunes gens, murmura M. Carson toujours souriant. Ce bristol prouve que vous êtes de véritables détectives. Malgré tout, cette fois, je crois que vous faites erreur.

— Hannibal ne se trompe jamais, monsieur! déclara Bob.

— Je suis certain qu'Hannibal est un garçon remarquable, dit M. Carson, mais il arrive aux meilleurs de se tromper.

— Pourtant, papa, s'écria Ronny, tu sais bien... »

M. Carson se leva.

« Cela suffit, Ronny. Pas un mot de plus, veux-tu? Hannibal s'est trompé. N'empêche que tes trois amis nous ont rendu un fier service. Aussi... tenez, jeunes gens, prenez ces laissez-passer! Ils vous permettront de circuler à travers la foire, de tout voir et de profiter de toutes les attractions. Cette récompense est-elle à votre goût ?

— Vous êtes très généreux, monsieur, merci ! dit Hannibal.

— Oh ! s'écria brusquement Bob. Regardez ! »

Il montrait la porte, garnie d'un verre dépoli, de la caravane.. Sur la vitre se dessinait une silhouette massive, avec des épaules carrées et une tête hirsute.

« C'est l'ombre que nous avons vue tout à l'heure ! » chuchota Peter.

M. Carson alla vivement à la porte, l'ouvrit, puis, souriant, se tourna vers les garçons. Un homme entra. Les détectives le regardèrent, bouche bée. Il était d'une taille anormalement haute. Les muscles saillaient sur son torse nu. Pour tout vêtement, il ne portait qu'un collant noir et or, qui moulait ses jambes puissantes comme une seconde peau. Il était chaussé de courtes bottes luisantes. Sa chevelure noire et sa barbe, très épaisses, poussaient en désordre.

« Je vous présente Khan, notre hercule, dit M. Carson. Voilà l'explication d'un de vos petits mystères, jeunes gens ! Khan, comme chacun de nous, a plus d'une occupation. Il est chargé, entre autres, de veiller à notre sécurité. J'imagine qu'il vous a vus vous glisser dans la tente de Rajah et qu'il est allé voir ce que vous fabriquiez...

— C'est exact », dit Khan d'une voix encore plus grave que celle de son employeur.

M. Carson sourit aux détectives :

« Et maintenant, jeunes gens, vous m'excuserez mais j'ai du travail. Ronny, de son côté, doit retourner au stand. Allez vite vous distraire. Et rappelez-vous : tout est gratuit pour vous!

— Merci beaucoup, monsieur!» répéta Hannibal.

Les trois détectives sortirent de la caravane et s'éloignèrent. Quand ils furent assez loin, Hannibal s'arrêta net.

« Qu'est-ce qui te prend, Babal ? s'enquit Bob.

— Je suis persuadé que quelque chose ne va pas dans cette foire, déclara le détective en chef avec gravité. Ce Khan me semble louche. Il n'avait pas le comportement normal d'un gardien quand il écoutait ce que nous disions. Et je suis sûr que Ronny nous aurait fait une révélation si son père ne l'en avait pas empêché. Retournons tout doucement à la caravane et espionnons à notre tour.

— Hé, minute!» dit vivement Peter.

Ronny Carson venait de sortir de la caravane et se dirigeait d'un pas rapide vers le stand de tir. Dès qu'il eut disparu, le trio se rapprocha de la fenêtre de la grande roulotte.

La voix sonore de Khan leur parvint :

«... et maintenant, voilà que Rajah se sauve. Qu'est-ce qui va nous tomber sur le crâne la prochaine fois? Peut-être ne serons-nous pas payés du tout.

— Vous serez tous payés la semaine prochaine, Khan, répondit M. Carson. Je vous le promets.

— Mais vous savez comment sont les gens de la foire. Ils pensent qu'une sorte de malédiction pèse sur eux. D'autres ennuis vont suivre.

— Allons, Khan, écoutez-moi! Vous...»

Il y eut un bruit de pas au-dessus de la tête des trois indiscrets. Le battant de la fenêtre claqua. Ils n'entendirent plus rien.

«Nom d'un pétard! s'exclama Peter à voix basse. Tu avais raison, Babal! Il y a des ennuis dans l'air... de l'eau dans le gaz! Mais que pouvons-nous y faire puisque M. Carson refuse de rien nous dire?»

Hannibal réfléchit.

«Nous avons nos laissez-passer. Grâce à eux, nous pourrons fouiner à droite et à gauche, observer, surveiller tout le monde. Demain, Bob, à la bibliothèque, tu passeras en revue les collections de journaux. Tu tâcheras de repérer les incidents qui peuvent avoir marqué les étapes de la foire jusqu'ici. Demain, nous tiendrons conseil et nous déciderons ce qu'il convient de faire.

— Mais toi, Babal, tu ne vas pas rester inactif tout ce temps?

— Bien sûr que non! Je vais mettre cette soirée à profit pour glaner le plus d'informations possible.»

Chapitre 6

Ronny chez les Détectives

Ce soir-là, Peter eut du mal à s'endormir. Il essayait d'imaginer un moyen pour obliger M. Carson à se confier aux trois détectives. Mais il ne trouva rien... Peut-être Bob et Hannibal seraient-ils plus heureux de leur côté...

Peter se leva dès l'aube et fut très surpris de découvrir que son père était encore plus matinal que lui.

«Je viens de recevoir un appel urgent d'Alfred Hitchcock, expliqua M. Crentch à son fils. Il a un travail délicat à me confier avant de commencer les prises de vues de notre nouveau film. L'ennuyeux, Peter, c'est que j'avais promis à ta mère de mettre la cave en ordre aujourd'hui. Je crains que tu ne sois obligé de te charger de la corvée à ma place!»

Peter maudit intérieurement Alfred Hitchcock mais répondit tout haut avec gentillesse :

« Bien sûr, papa. Compte sur moi ! »

A cause de ce contre temps imprévu, Peter ne put se mettre en route pour le *Paradis de la Brocante* qu'après le repas de midi. Pédalant avec ardeur, il effectua le parcours en un minimum de temps. Arrivé au bric-à-brac des Jones, le grand garçon se hâta de se glisser dans l'ouverture d'un gros tuyau dont l'autre extrémité disparaissait sous une montagne d'objets de rebut. C'était là le tunnel numéro deux, l'entrée principale du Quartier Général des détectives. Quand Peter émergea du tuyau, il n'eut qu'à soulever une petite trappe pour déboucher dans la caravane. Hannibal était là.

Le détective en chef posa tout de suite la question à l'ordre du jour :

« As-tu songé à un moyen d'obliger M. Carson à demander notre aide ?

— J'y ai songé, oui ! avoua Peter dans un soupir. Mais je n'ai rien trouvé du tout.

— Moi non plus, dit Hannibal d'un air sombre. Bob reste notre seul espoir. Peut-être aura-t-il déniché quelque chose d'intéressant à la bibliothèque. Je le guette depuis un bon moment déjà. Il a promis de se libérer plus tôt que d'habitude. »

Hannibal était debout devant son « Voit-Tout ». Il colla de nouveau son œil à l'oculaire. Le Voit-Tout était un périscope élémentaire mais efficace qu'Hannibal avait construit lui-même pour remédier au seul inconvénient du Q.G., qui n'avait pas la moindre vue sur l'extérieur !

Le Voit-Tout pointait hors de la montagne

d'objets hétéroclites qui dissimulaient la caravane. Il ressemblait à un quelconque morceau de tuyau émergeant du fatras. Il permettait d'avoir une bonne vue d'ensemble de la cour.

« Voilà Bob ! » s'écria brusquement le détective en chef.

Deux minutes plus tard, « Archives et Recherches » faisait son apparition. Il tenait un calepin à la main et semblait très agité.

« Tu as découvert quelque chose ? demanda Peter.

— Mais oui ! répliqua Bob, rayonnant. Cela m'a pris toute la matinée mais j'ai réussi ! J'ai constaté que la foire Carson n'avait pas eu beaucoup de chance ces derniers temps ! Comme c'est une affaire d'assez mince importance, il m'a fallu éplucher les journaux locaux des petites villes pour pouvoir réunir des renseignements intéressants.

— Qu'as-tu trouvé en fin de compte ? » demanda Hannibal qui ne se tenait plus d'impatience.

Bob ouvrit son carnet.

« Il y a trois semaines, commença-t-il, le cirque a dû supprimer son numéro de poneys savants. Trois des poneys sont morts : on avait empoisonné leur avoine. Cela s'est passé à Ventura. Ensuite, au début de cette semaine, à San Mateo, un incendie a éclaté. Quatre tentes ont été atteintes par les flammes : celle du mangeur de feu, celle du jeu des anneaux, celle du lion et celle qui forme une partie du stand de tir.

— La tente du lion ! s'exclama Peter. Dimitri a donc eu des ennuis à deux reprises !

— Sans vouloir sauter trop vite aux conclusions, dit Hannibal, il semble que la mort des poneys et l'incendie de la foire soient plus que des accidents... des attentats! Au fait, Archives et Recherches! Je parie que tu n'as pas trouvé que ces deux tuiles-là au cours de tes recherches?

— Oui! Comment le sais-tu? demanda Bob, intrigué.

— Hier soir, rappelle-toi, nous avons entendu Khan faire allusion à la superstition des forains. Or, tu sais très bien que, selon la croyance populaire, les malheurs arrivent toujours par série! "Jamais deux sans trois", dit-on. L'évasion de Rajah a été la troisième tuile!

— Nom d'un pétard! tu penses que les gens de la foire sont superstitieux à ce point? s'écria Peter.

— Ils mènent une vie à part et s'attachent aux vieilles croyances. L'oncle Titus, qui a jadis travaillé dans un cirque, me l'a longuement expliqué hier soir. Il m'a aussi montré autre chose... un livre où se trouvent recensés tous les artistes travaillant dans un cirque ou participant à des exhibitions foraines. Eh bien! je n'ai trouvé nulle part le nom de Khan. Pour en avoir le cœur net, j'ai même téléphoné à une agence de Los Angeles ce matin. Personne n'a jamais entendu parler d'un hercule appelé Khan!

— Le bonhomme serait donc un imposteur? demanda Peter.

— Pas forcément, remarque. Peut-être s'était-il arrêté de travailler un certain temps! Peut-être aussi vient-il d'un pays étranger. Quoi qu'il en soit, ce gars-là me paraît louche. Et brusquement, tenez, il me vient une idée! Puisque nous nous sommes mis en tête d'enquêter sur cette mystérieuse foire et que M. Carson refuse de nous faire confiance... eh bien! je crois qu'en faisant venir Ronny ici, nous le convaincrons de nous apporter son aide. Mais il faudra l'impressionner, les amis! Ce sera facile, du reste. Voici mon plan.»

Là-dessus, le chef des détectives se mit à exposer le plan en question. Bob et Peter l'approuvèrent en souriant.

Un instant plus tard, Peter, l'œil collé à l'oculaire du Voit-Tout, annonça aux autres :

«Voilà Ronny qui arrive! Attention!»

Lorsque le jeune forain atteignit l'atelier, dans la cour du bric-à-brac, il trouva Peter qui s'était vivement porté à sa rencontre.

«Que se passe-t-il, mon vieux? demanda Ronny à Peter. Pourquoi m'avez-vous téléphoné de venir?

— Nous avons pensé que tu prendrais plaisir à visiter notre Quartier Général et à voir comment nous travaillons, répondit Peter. Suis-moi.»

Il conduisit le jeune Carson jusqu'au tunnel numéro deux. Après avoir soulevé la trappe, tous deux débouchèrent dans la caravane. Ronny poussa une exclamation de surprise :

«Quel drôle d'endroit!»

Il regardait avec intérêt le microscope, le téléphone, le périscope, les walkies-talkies accrochés au mur, les classeurs pleins de fiches, le détecteur de métaux, les étagères de livres et les instruments spécialisés que les détectives avaient pris grand soin de mettre en évidence.

Puis le regard du jeune forain se porta sur Bob et sur Hannibal qui paraissaient fort absorbés par leurs occupations. Aucun des deux ne leva seulement le nez de son travail. Hannibal examinait un cadenas à l'aide d'une loupe. Bob étudiait des brins d'étoffe sur un petit écran de verre éclairé par en dessous. Peter murmura tout bas à son compagnon :

« Nous savons qu'il se passe des choses suspectes à la foire, Ronny. Nous enquêtons sur certains détails.

— Mais c'est impossible ! murmura Ronny. Vous ne savez rien...

— La science et notre perspicacité nous apprendront ce que tu refuses de nous dire, Ronny ! » déclara Peter d'un ton qu'il voulait aussi pompeux que celui d'Hannibal.

Au même instant, le chef des détectives se redressa.

« C'est un professionnel du crime qui a fait évader Rajah, mes amis ! annonça-t-il à ses camarades comme s'il ignorait la présence de Ronny dans la pièce. Cela ne fait aucun doute. Les marques autour de la serrure du cadenas sont caractéristiques. Et si l'on a libéré Rajah, c'est évidemment pour causer du gâchis ! »

Ronny écoutait, stupéfait par ce qu'il entendait. Avant qu'il ait eu le temps de réagir. Bob enchaîna :

« Il est non moins évident que si l'on a empoisonné des poneys du cirque, voici trois semaines, c'est pour obliger M. Carson à retirer ce numéro de son programme. C'est comme cet incendie qui a détruit ou endommagé trois tentes et une partie du stand de tir. Il fait perdre beaucoup d'argent au directeur de la foire qui, à présent, se trouve dans l'impossibilité de payer ses employés. »

Feignant toujours d'ignorer la présence de Ronny, Hannibal hocha la tête et demanda :

« Que savons-nous des employés eux-mêmes.

— Khan, l'hercule, déclara Bob, n'a travaillé dans aucune foire depuis longtemps. C'est peut être bien un imposteur. »

A mesure que le détective en chef et Archives et Recherches jouaient ainsi la comédie devant Ronny, la bouche du jeune forain s'ouvrait de plus en plus grande. Finalement, il explosa :

« Qui vous a appris tout cela ? » demanda-t-il avec impatience.

Hannibal et Bob sursautèrent et se tournèrent vers lui, comme surpris de le voir.

« Tiens ! Tu étais là ? fit Hannibal de son air le plus innocent.

— Quelqu'un vous a donc mis au courant de la situation ? » demanda Ronny sans répondre.

Hannibal secoua la tête :

« Non, Ronny ! Certainement pas. Nous sommes des détectives et nous avons découvert par nous-mêmes ce que nous savons... Si je comprend bien, nos déductions sont exactes ?

— Oui, reconnut Ronny. Tout ce que vous avez dit est vrai. Vous ne vous êtes même pas trompés en ce qui concerne Khan. Il travaille chez nous sous un faux nom. En réalité, c'est un artiste de cirque, uniquement. Comme il n'avait plus de contrats, il a été bien content de travailler pour papa. Cependant, il préfère que cela ne se sache pas. Khan a sa fierté! Et notre cirque n'a pas une grande renommée, vous comprenez. Nous ignorons son véritable nom mais il remplit à merveille son emploi d'hercule de foire.

— Ce que tu racontes est peut-être vrai, mais il n'en reste pas moins, mon vieux, que quelqu'un cherche à torpiller l'affaire de ton père! déclara gravement Hannibal. Et nous aimerions bien démasquer le coupable... si ton père nous y autorise. »

Ronny regarda les détectives d'un air perplexe :

« Si personne ne vous a mis au courant, dites-moi comment vous avez découvert ce que vous savez. Je ne crois pas à la magie. Voyons, expliquez-moi un peu... »

Hannibal, Bob et Peter sourirent. Puis le détective en chef exposa comment le trio s'y était pris pour obtenir des résultats valables. Ronny écouta jusqu'au bout, avec un air de franche admiration. A la fin, il s'écria, plein d'enthousiasme :

« Ça, alors! C'est presque incroyable! Quels détectives vous faites! Vous êtes formidables! Je suis sûr que vous êtes tout à fait capables de découvrir ce qui se trame à la foire. Le malheur, c'est que les forains ont souvent la fierté mal placée... et papa est bien décidé à se débrouiller seul. Il ne voudra jamais d'une aide extérieure!

— Mais il risque de tout perdre d'ici peu de temps, Ronny! lui fit remarquer Hannibal.

— Je le sais bien! soupira Ronny en ébouriffant son épaisse chevelure blonde. Si mon père ne peut pas payer ses employés la semaine prochaine... »

Il fit une pause, parut hésiter un instant... Puis les traits de son visage exprimèrent une soudaine résolution :

« Très bien, mes amis! dit-il d'une voix ferme. Si papa refuse que vous l'aidiez, moi, en revanche, je le veux bien! Autant vous révéler tout de suite la vérité : si quelqu'un essaie actuellement d'acculer mon père à la ruine... c'est à cause de moi! »

Chapitre 7

Surprenante découverte

Tous attendaient la suite.

« Je soupçonne ma grand-mère ! avoua Ronny. Elle déteste papa ! »

Son front s'était assombri. Ce fut en soupirant qu'il expliqua à ses nouveaux amis :

« Ma mère est morte quand j'étais tout petit. Un accident de voiture... Je ne l'ai en somme jamais connue !

— Mon pauvre vieux ! murmura Bob plein de sympathie.

— C'est ma grand-mère, la mère de maman, qui m'a élevé. Elle a un royal mépris pour les foires. Déjà, elle aurait bien voulu empêcher sa fille d'épouser un " saltimbanque ", comme elle dit ! Quand maman est morte, papa s'est effondré. Il a un peu négligé ses affaires. Mamie a déclaré qu'une foire n'était pas la place d'un bébé. Elle m'a pris avec elle. Sans être riche, elle avait une certaine aisance. Papa n'a pas fait d'objection. Son métier l'obligeait à se déplacer constamment et il se rendait compte qu'il ne pouvait guère s'occuper de moi. »

Ronny soupira de nouveau et poursuivit :

« Je restai donc avec ma grand-mère mais, les années passant, la vie auprès d'elle me devint insupportable. Elle était très gentille pour moi mais elle avait peur de tout et ne me laissait rien faire. Bientôt, je n'eus plus qu'une pensée en tête : rejoindre papa et travailler à la foire. Cette année, je n'ai pu résister plus longtemps : j'ai filé et je suis venu vivre avec papa. Mamie a failli devenir folle de rage. Elle a essayé de me récupérer mais, légalement, elle n'a aucun droit sur moi. Papa le lui a fait comprendre avec douceur et lui a conseillé de me laisser vivre ma vie et de retourner chez elle. Non pas qu'il fût ingrat ! Mais il voyait bien que je n'étais pas heureux...

— Dis-moi, Ronny, demanda brusquement Hannibal. Est-ce que ta grand-mère a menacé de faire du vilain ?

— Plus ou moins ! Elle a déclaré à mon père qu'elle ne lui permettrait jamais de faire de moi un vulgaire saltimbanque. Elle l'a menacé d'avoir recours à la justice, espérant prouver qu'il était incapable de m'élever convenablement. C'est même à cause de cela que papa est venu ici, en Californie. D'une part, il voulait mettre le plus de kilomètres possible entre elle et nous, et, ensuite, il désirait gagner beaucoup d argent pour prouver qu'il pouvait largement subvenir à mes besoins. Hélas ! Il y a eu tous ces accidents... La foire est en train de courir à la ruine!»

Hannibal fronçait les sourcils.

«Crois-tu, demanda-t-il, que ta grand-mère irait aussi loin? Jusqu'à ruiner la foire entière?

— Je n'en sais rien, Hannibal, murmura Ronny, hésitant. J'ai évité de trop songer à la question jusqu'à présent. Elle déteste mon père, mais elle m'aime beaucoup.

— Tu aurais pu être victime des accidents qui se sont produits, fit remarquer Hannibal. A mon avis, il est douteux qu'elle ait usé de moyens aussi désespérés. Ton père a peut-être un ennemi que tu ignores... un ennemi résolu à le mettre sur la paille...

— Si c'est là son but, il pourra se réjouir sous peu, soupira Ronny, à moins que vous ne le pinciez! Tous les forains redoutent la prochaine tuile!

— La prochaine? répéta Hannibal, surpris. Ils devraient pourtant se sentir rassurés. Il y a déjà eu trois accidents!

— A leur avis, l'évasion de Rajah ne compte pas car elle n'a eu aucune conséquence fâcheuse. Peter est intervenu à temps. Ils s'attendent donc tous à un troisième pépin.

— Voilà qui est ennuyeux! s'exclama Bob. Quand les gens redoutent un accident, ils deviennent nerveux et, du coup, l'accident se produit!

— C'est le prix de la superstition! dit Hannibal. Ce que les gens craignent arrive généralement! Et notre coupable en profitera s'il doit se manifester de nouveau. En ce qui concerne l'évasion de Rajah, une chose me tracasse : cet incident diffère un peu des précédents. Les deux autres ont eu lieu alors que la foire n'était pas ouverte. Seuls les forains devaient en souffrir. Mais cette fois-ci, si Peter n'avait pas arrêté Rajah, le public courait des risques...

— Peut-être l'évasion de Rajah était-elle vraiment accidentelle? suggéra Peter.

— Non, mon vieux! Je suis sûr que non! dit Hannibal d'un ton sans réplique; certains éléments d'information nous manquent. Il est grand temps que nous retournions à la foire! Pouvons-nous y revenir avec toi, Ronny, même si elle n'est pas encore ouverte?

— Bien sûr! affirma le jeune forain. Je dirai que vous désirez voir les artistes répéter.

— Que devrons-nous chercher pour commencer? demanda Peter.

— Nous nous efforcerons de découvrir un lien unissant les trois "accidents". Et nous ouvrirons l'œil afin d'empêcher qu'un quatrième ne se produise. Il nous faudra être prudents. »

Il fut interrompu par des éclats de voix à l'extérieur. Hannibal se précipita vers le Voit-Tout.

« C'est tante Mathilda! annonça-t-il. Elle appelle Bob... Il a un rendez-vous, dit-elle!

— Flûte! grommela Bob avec une grimace. Le dentiste! J'avais oublié. »

Hannibal se rembrunit. Il avait horreur de voir ses plans contrariés. Il soupira :

« Je suppose que tu es obligé d'y aller, Bob! Tu nous rejoindras plus tard. Au cas où nous serions forcés de quitter la foire ou de suivre quelqu'un, nous utiliserons mon nouveau localisateur.

— Ton nouveau quoi? s'exclama Peter, ébahi.

— Localisateur! répéta Hannibal avec fierté. C'est l'invention à laquelle je travaillais hier. J'ai achevé de la mettre au point ce matin, en vous attendant tous les deux. Mais je n'ai encore construit que deux appareils. Nous en emporterons un avec nous, Peter. Bob prendra l'autre. Vu les circonstances, c'est exactement ce qu'il nous faut! Nos walkies-talkies auraient été trop voyants. Mieux vaut passer inaperçus!

— A quoi sert au juste ton... heu... localisateur? demanda Ronny d'un air intéressé.

— C'est avant tout un indicateur de direction, expliqua le détective en chef. Il émet des bip-bip qui deviennent plus fréquents et plus forts à mesure que l'on se rapproche d'un autre porteur de localisateur. L'appareil comporte un simple cadran avec une aiguille indiquant si l'appel vient de droite, de gauche ou de devant soi. Chaque localisateur peut à la fois émettre et recevoir. Son faible volume permet de le transporter dans la poche. En cas d'urgence, un petit voyant rouge s'allume. Il n'y a même pas besoin de le toucher. Il obéit à la voix! Si l'un de nous a des ennuis, il n'a qu'à porter l'appareil à sa bouche et crier "Au secours!" le voyant rouge s'allumera aussitôt sur les autres cadrans!

— Ma parole, Hannibal! Je vais finir par croire que tu sais tout faire! s'écria Ronny. Tu es un génie!

— C'est-à-dire, expliqua Hannibal en s'efforçant en vain de prendre une attitude modeste, c'est-à-dire que j'essaie de moderniser au maximum nos méthodes d'investigation. Notre localisateur ne peut capter que des localisateurs semblables. Son rayon d'action est de cinq kilomètres environ.

— Donne-moi vite mon appareil, dit Bob. Je vous rejoindrai à la foire dès que je le pourrai. »

Là-dessus, Archives et Recherches gagna la cour du bric-à-brac, enfourcha son vélo et cria à Mme Jones qu'il se rendait chez le dentiste.

Hannibal, Peter et Ronny se mirent en route de leur côté. Le ciel, jusqu'ici ensoleillé, commençait à se couvrir. Le vent se levait. Les trois garçons pédalèrent dur jusqu'à la foire. Hannibal dit alors à Ronny :

« Va vite à ton travail, mon vieux. Ainsi, nous n'éveillerons pas les soupçons. Mais garde l'œil ouvert sur ce qui se passera autour de ton stand. Peter, lui, surveillera les artistes en train de répéter dans le champ à côté. Moi, je vais flâner entre les baraques et les tentes, à l'affût du moindre détail suspect. D'accord ? »

Le détective adjoint et Ronny acquiescèrent. Puis les trois garçons se séparèrent pour rejoindre leurs postes, parmi la foule des forains au travail.

Quand Bob arriva chez son dentiste, on le pria d'attendre un peu, le praticien ayant été retardé par une urgence. Très mécontent, Archives et Recherches commença à feuilleter les illustrés étalés sur une table. Puis il aperçut le quotidien du jour et l'ouvrit pour voir si l'escapade de Rajah y était signalée. Non seulement on n'y parlait pas du lion, mais l'entrefilet consacré à la « Grande Foire Carson » était tout à son éloge et invitait le public à s'y rendre en masse.

Bob, dont le père était journaliste, connaissait bien ce genre d'article. Il était écrit d'avance : cela évitait à un reporter de se déranger pour un événement de peu d'importance. En fait, il était heureux pour M. Carson qu'aucun membre de la presse n'ait été sur place la veille au soir. Si l'incident relatif à Rajah avait été rapporté dans les journaux, peut-être la municipalité aurait-elle interdit purement et simplement la foire!

Tout à coup, l'attention de Bob fut attirée par une petite annonce :

ON DEMANDE... DES CHATS EN PELUCHE

« Particulier recherche pour ses enfants chats en peluche, bourrés de son, couleur noire, avec corps en forme de Z, clignant de l'œil, collier rouge. Il sera payé comptant 25 dollars pour tout animal correspondant à cette description. Appeler ROCKY : 7-2222. »

Bob fit un bond! La description de l'annonce correspondait exactement au chat que Peter avait gagné — et perdu — la veille!

Bob déchira hâtivement l'annonce et se rua vers la porte à l'instant précis où l'assistante du dentiste venait l'informer que c'était son tour de passer dans le cabinet.

« Excusez-moi ! lança-t-il à la jeune fille. Je suis obligé de partir ! »

Et, avant qu'elle ne soit revenue de sa surprise, il était déjà dans la rue et enfourchait son vélo...

Chapitre 8

On demande... chats borgnes!

A la foire, cependant, Peter, depuis plus d'une heure, surveillait sans en avoir l'air les artistes du cirque qui répétaient avant la prochaine représentation : il n'avait rien remarqué d'anormal jusque-là!

Les deux clowns s'entraînaient à jouer un sketch différent de celui de la veille. Le grand à l'air triste tenait un balai minuscule et une pelle à poussière à long manche. Il circulait à droite et à gauche, balayant avec soin. Mais, chaque fois qu'il soulevait sa pelle, le fond de celle-ci basculait et la poussière tombait à terre. Ce grand clown faisait une mine de plus en plus longue tandis que le petit clown se tordait de rire et se moquait de lui.

Le mangeur de feu, lui, avait piqué de petits tampons enflammés au bout de courtes épées. Peter ouvrit des yeux ronds en voyant l'artiste enfourner calmement dans sa bouche les dangereux tampons.

Khan, l'hercule, soulevait des poids énormes et déchirait des livres épais. Peter passa un long moment à le regarder. Mais Khan ne fit rien qui pût éveiller ses soupçons.

Dimitri, à l'intérieur de la grande cage. apprenait un nouveau tour à Rajah, en utilisant comme accessoires les tabourets peints par Peter et Hannibal.

Deux funambules se promenaient avec adresse sur un long fil de fer tendu à bonne hauteur. Peter feignait de s'intéresser à ces différents numéros tout en ouvrant l'œil — mais il ne se passait toujours rien d'anormal.

Pendant ce temps, Hannibal déambulait parmi les baraques où les bonimenteurs s'exerçaient et où les forains, transformés en ouvriers, effectuaient ici et là de menues réparations.

Le détective en chef ne négligea ni une boutique ni une tente, ni une baraque. Mais, comme Peter, il ne remarqua rien de suspect. Il venait juste de s'arrêter pour considérer le manège des pousse-pousse quand Ronny Carson le rejoignit. Le jeune forain, ayant préparé son stand de tir pour la soirée, n'avait plus rien à faire. Hannibal lui montra la grande roue un peu plus loin.

« Vous ne l'essayez jamais avant l'ouverture de la foire ? demanda-t-il.

— Non ! expliqua Ronny. Ça coûte trop cher ! Nous la mettons en mouvement juste au moment où le public arrive.

— Elle a un bon mécanisme, je suppose ?

— Certainement! C'est papa qui s'en occupe.»

Hannibal avait l'air pensif.

«C'est l'attraction la plus importante, n'est-ce pas? Si par malheur...»

Ronny lui coupa la parole :

«Hannibal! Regarde! Voilà Bob! Il paraît survolté!»

Bob était suivi de Peter qu'il venait de rencontrer. Les deux garçons rejoignirent Hannibal et Ronny. Archives se mit à parler avant même d'être interrogé :

«Babal! Quelqu'un recherche des chats qui clignent de l'œil.

— Comme celui que j'ai perdu hier! dit Peter.

— Je ne crois pas que tu l'aies perdu, mon vieux, s'écria Bob. On te l'a volé! Regarde un peu ça, Babal!»

Tout en parlant, Bob avait tiré la fameuse annonce de sa poche et la tendait au détective en chef. Les yeux de celui-ci se mirent à briller tandis que les autres lisaient par-dessus son épaule.

«Cet amateur d'animaux en peluche semble bien en effet ne s'intéresser qu'à des chats qui clignent de l'œil, comme celui de Peter! déclara Hannibal. Ronny! combien de ces chats avais-tu?

— Ici, à Rocky, cinq en tout, Babal! répondit le jeune Carson. Peter a gagné le dernier!

— Le dernier, en effet, dit Hannibal. Et Peter l'a perdu! Ou bien, comme Bob l'a fait remarquer, on le lui a volé! Si cette supposition est la bonne, ce serait donc la seconde fois qu'on aurait subtilisé le chat en question. N'oubliez pas le moustachu qui s'est sauvé avec, puis qui l'a lâché en route! Mes amis, je crois que je commence à y voir plus clair!

— Comment cela? Dis vite, Babal! implora Bob.

— Quelqu'un désire s'approprier tous ces chats! déclara le détective en chef d'une voix ferme. Tous... ou peut-être seulement un seul d'entre eux! Et ceci explique pourquoi on a fait évader Rajah.

— Tu sais pourquoi on a lâché Rajah dans la nature? demanda Bob.

— Pour distraire notre attention, Archives! Quand le voleur a constaté que son coup était manqué, il a dû revenir discrètement sur ses pas et surveiller le stand de tir. Il a vu Peter gagner le chat. Tandis que nous tirions à notre tour, Bob et moi, il s'est glissé jusqu'à la cage du lion et a libéré le fauve. Et quand vous deux et Ronny êtes allés à la remorque, il a guidé Rajah de votre côté pour fixer l'attention de Peter. Peter a lâché son chat et n'a plus pensé qu'à se rendre maître du lion. Et à peine avions-nous tourné les talons que le bonhomme est venu ramasser son butin!

— Nom d'un pétard, Babal! s'écria Peter. Il faut vraiment qu'il ait envie de cet affreux matou! L'animal aurait donc de la valeur?

— Je le crois, oui! répondit Hannibal... Ronny! Sais-tu pourquoi tes chats en peluche sont tellement recherchés? Il y a certainement quelqu'un qui convoite le lot ou tout au moins l'un des chats, comme je le disais tout à l'heure.»

Ronny secoua la tête.

«Je me demande bien qui pourrait en avoir envie! soupira-t-il. A ma connaissance, ces animaux n'ont rien de spécial... sinon leur laideur!»

Le détective en chef réfléchit un moment en silence, en se mordillant les lèvres. Ses camarades se taisaient, respectant sa méditation. A la fin, il déclara :

«Je ne vois que trois possibilités. *Primo :* on désire des chats en peluche pour amuser des enfants. Pourquoi ces chats biscornus plutôt que d'autres? ma foi, je n'en sais rien!... *Secundo :* un particulier veut *tous* les chats parce que, pris ensemble, ils signifient quelque chose!

— Tu veux dire... comme dans le cas du "Perroquet qui bégayait?"» demanda vivement Bob.

Le jeune garçon faisait allusion à un mystère que les détectives avaient eu à débrouiller et dans lequel, au sein d'un groupe de perroquets, chacun des oiseaux avait appris un fragment de message. Le message, reconstitué, donnait la clé de l'énigme.

«Tout juste! acquiesça Hannibal. *Tertio* enfin : notre inconnu convoite *un seul* des chats parce qu'à l'intérieur de l'animal — ou sur lui — se trouve un objet précieux, dont Ronny ignore l'existence.»

Se tournant brusquement vers le jeune forain, il lui demanda :

« Dis-moi, Ronny! La foire a-t-elle été au Mexique?... Ou à proximité de la frontière?

— Non, Babal! Seulement en Californie.

— Pourquoi parles-tu du Mexique, chef? s'enquit Bob.

— Je pensais à d'éventuels contrebandiers, Archives! Ces gens-là sont ingénieux. Il leur arrive de dissimuler des marchandises de prix dans des objets de pacotille comme ces chats en peluche. Au fait, Ronny, d'où viennent tes chats?

— De Chicago, expliqua le jeune Carson. Papa les a achetés directement au grossiste qui nous fournit habituellement les lots de notre tir. »

Hannibal fronça les sourcils :

« En tout cas, un fait est certain : ces chats ont de l'importance aux yeux de quelqu'un et il nous faut découvrir le mot de l'énigme. Une chose m'intrigue par-dessus tout : pourquoi le moustachu a-t-il tenté de voler seulement le dernier chat?... Ronny! C'est votre troisième journée à Rocky, n'est-ce pas?

— Parfaitement! Nous n'avons encore donné que deux soirées. Nous sommes arrivés avant-hier soir de San Mateo, après notre dernière représentation là-bas!

— Et quand au juste tes chats ont-ils été gagnés?

— Quatre dès le premier soir ici, et le cinquième hier... C'est Peter qui l'a eu!

— Pourquoi as-tu donné quatre chats dès la première soirée? demanda Hannibal, surpris. Ce sont pourtant des gros lots!

— Oui, mais nous essayons toujours d'allécher le public dès le départ en nous débrouillant pour avoir une brochette de gagnants. Les tireurs rentrent chez eux tout contents et montrent leurs prix. Cela nous fait de la réclame.

— Tu as toujours des chats qui clignent de l'œil comme gros lot ? demanda encore Hannibal.

— Oh ! non. Je change souvent, au contraire ! J'ai perdu pas mal de très jolis objets, qui constituaient mes gros lots, au cours de l'incendie de San Mateo. C'est pour cela que j'ai dû me rabattre sur les chats borgnes ! »

Le chef des détectives réfléchit un instant. Puis :

« Tu gardes tes prix dans ta remorque ? questionna-t-il. Tu crois qu'ils y sont en sûreté ?

— Ma foi, le couvercle de la remorque est toujours fermé à clé. Quand la foire n'est pas ouverte, la remorque reste attachée à l'arrière de notre caravane. De plus, il y a un système d'alarme à l'intérieur. Nous avons eu plusieurs tentatives de vols, de la part de jeunes voyous en général ! Et quand la foire fonctionne, eh bien ! je laisse ma remorque derrière le stand de tir, à un endroit où je peux facilement la surveiller.

— Autrement dit, il serait très difficile de voler un des chats dans ta réserve sans être vu ?

— Exactement ! Bien entendu, quelqu'un pourrait toujours forcer la serrure du couvercle. Mais le signal d'alarme nous alerterait aussitôt.

— Il est donc toujours branché? demanda Peter.

— Non! Pas pendant la fête. Mais à ce moment-là il y a du monde. Si le voleur voulait vraiment agir, il lui faudrait faire vite et s'enfuir aussitôt en courant.

— Je comprends! dit Hannibal en détachant chaque syllabe. Je comprends... Ainsi, vous avez quitté San Mateo avec cinq chats en peluche pour venir ici, directement. Il aurait été difficile de voler les chats entre San Mateo et Rocky. Et il aurait été également difficile de les voler dans ta remorque. Si cela s'était produit, le voleur aurait été rapidement découvert. Tu as monté ton stand de tir, les clients sont arrivés et tu as distribué quatre chats en guise de gros lots, en très peu de temps. Puis, hier soir, le moustachu aux lunettes noires a essayé de te piquer le dernier chat. Il a manqué son coup. Peter a gagné le matou... et il l'a perdu! Et maintenant quelqu'un fait passer cette annonce réclamant des chats qui clignent de l'œil.

— Tu as parfaitement résumé les événements, déclara Ronny, mais je continue à ne rien comprendre à cette histoire. Qu'est-ce que tout cela signifie, Babal?»

Dans les yeux du détective en chef passa soudain une lueur que connaissaient bien Peter et Bob... une lueur qui annonçait une hypothèse forgée par le cerveau génial d'Hannibal.

«Un fait s'impose à nous, Ronny! déclara-t-il avec emphase. Personne n'a jamais tenté de te voler tes chats avant hier soir! Et personne n'a jamais essayé de forcer ta remorque pour les y prendre ! Cela laisse supposer deux choses qui me semblent évidentes. »

Les yeux d'Hannibal étincelaient tandis qu'il regardait ses camarades suspendus à ses lèvres :

« Je suis persuadé, mes amis, que les chats n'ont acquis leur valeur que ces tout derniers jours. Et je suis tout aussi persuadé que celui qui les convoite fait partie des forains de Carson ! »

Chapitre 9

Le plan d'Hannibal

« Voyons, Hannibal ! protesta Ronny. Personne de chez nous ne ressemble au voleur moustachu !

— Il devait être déguisé ! déclara Hannibal. Sa moustache était épaisse. Il portait un chapeau qui mettait une ombre sur son visage et des lunettes noires qui dissimulaient ses yeux. Des lunettes noires... alors qu'il faisait presque nuit !

— Ecoute, chef, dit Peter. Un des forains aurait eu plus de facilité à voler le chat dans la remorque.

— C'est vrai, ça ! renchérit Bob. Il n'aurait pas eu besoin de se déguiser et d'agir sous les yeux de la foule.

— Tu te trompes, Bob ! Le fait même qu'on n'ait pas essayé de forcer la remorque prouve ce que j'avance ! insista Hannibal. Réfléchissez un peu ! Quelqu'un de l'extérieur aurait forcé la serrure puis se serait sauvé en courant. Même s'il avait su que la tentative était ardue, cela ne l'aurait pas découragé du moment qu'il aurait pu s'échapper. Qu'importe si on l'avait vu!

— Je comprends mal! dit Bob.

— Un membre de la foire aurait été obligé de se déguiser de peur d'être reconnu. En outre, il n'aurait pas ignoré la difficulté qu'il y a à forcer la serrure de la remorque... et il n'aurait pas voulu courir le risque d'être attrapé et démasqué! Autre chose : en prenant le chat dans la réserve, il en révélait du même coup la valeur!

— Babal! s'exclama Peter. Tu veux dire que le voleur ne voulait pas que son vol ait l'air d'en être vraiment un...?

— Mais oui! En revendiquant un lot qu'il prétendait avoir gagné, il trompait tout le monde. Personne ne se doutait que le chat constituait à ses yeux un enjeu de grande importance.

— Ma foi, tu pourrais bien avoir raison! soupira Ronny perplexe.

— Bien sûr que j'ai raison! Le fait que le voleur ait attendu jusqu'à hier soir pour perpétrer son coup en est une preuve supplémentaire. Remarque qu'en tant que membre de la foire, il pouvait s'offrir le luxe d'attendre. Il voulait prendre le chat au moment exact qui lui convenait... sans éveiller de soupçons. Seul un des forains pouvait surveiller Ronny et sa remorque d'assez près pour agir au moment opportun. Seulement... il a attendu trop longtemps.

— Trop longtemps? répéta Peter, intrigué.

— Oui, mon vieux! Rappelle-toi ce que nous a déclaré Ronny : les chats qui clignent de l'œil n'ont été promus au rang de gros lots qu'à Rocky. Et quatre d'entre eux sont partis tout de suite. C'était inattendu. Le voleur a été pris de court! Les quatre premiers chats lui ayant glissé entre les doigts, il a tenté de s'approprier le cinquième mais il l'a perdu dans sa fuite. Du coup, notre homme, dans un effort désespéré pour le reprendre, a ouvert la cage de Rajah.

— Il a fallu qu'on conduise Rajah jusqu'à l'endroit où nous l'avons trouvé! fit remarquer Ronny avec animation. Celui qui a fait ce beau coup devait bien connaître le lion!

— Et le savoir inoffensif! rappela Bob.

— Notre voleur ne savait plus que faire! dit Hannibal. Et maintenant, il en est réduit à passer cette annonce dans les journaux pour tenter de récupérer les quatre chats qui lui ont échappé. Et pourquoi? Ou bien parce que le chat de Peter n'était pas celui qu'il voulait, ou bien parce qu'il veut tout le lot, ainsi que je vous l'ai expliqué tout à l'heure.»

Bob approuva du chef :

«Oui, tu as certainement raison, Hannibal. Mais pourquoi penses-tu que les chats n'ont pris de la valeur que ces jours derniers?

— Parce que rien ne s'est produit au cours des trois semaines qui ont précédé l'incendie de San Mateo! répondit le chef des détectives. Je crois que cet incendie constituait une première tentative pour mettre la main sur les chats. Une tentative sans résultat, d'ailleurs!... Naturellement, le sinistre peut avoir une autre cause. C'est une des choses que nous aurons à éclaircir, mes amis! Il faut à tout prix découvrir ce qui se trame et démasquer la personne qui souhaite si fort récupérer les chats.

— Mais comment allons-nous faire, chef?» demanda Peter.

Hannibal réfléchit rapidement :

«Tu vas rester ici, Peter. Trouve un endroit d'où tu puisses voir tous ceux qui quittent la foire... et sans qu'on te voie toi-même!

— Heu... il faut vraiment que je prenne racine ici, Babal? demanda Peter d'un air déconfit.

— Je suis sûr que le voleur fait partie des forains! expliqua Hannibal. Il faut donc s'attendre à le voir filer pour rencontrer les gens qui répondront à son annonce... sauf s'il a un complice, bien sûr! Cependant, si j'en juge d'après la façon dont il a agi, je suppose qu'il est seul. Tu peux très bien découvrir quelque chose d'intéressant, mon vieux Bob, donne à Peter ton localisateur! Le mien nous servira à tous les deux!

— Vous allez quelque part? demanda Ronny. Je peux vous accompagner?

— Si tu veux, accorda Hannibal, mais nous devons nous dépêcher!

— Mais où allez-vous donc?» cria Peter.

Sa question resta sans réponse. Déjà ses camarades couraient vers leurs bicyclettes... Lorsqu'Hannibal avait un plan en tête, il prenait rarement la peine de l'expliquer à ses amis.

Peter vit le trio disparaître au-delà des limites de la fête foraine.

Demeuré seul, il regarda autour de lui. Cette fin d'après-midi était étouffante. On sentait de l'orage dans l'air. Où trouver un poste de guet d'où l'on pût voir sans être vu? Soudain le regard du lieutenant d'Hannibal se posa sur la haute palissade.

Plusieurs brèches trouaient cette palissade, du côté de la foire. Les poutres de la charpente du Grand Huit se dressaient bien au-dessus, dominant le paysage. De là-haut, on devait avoir certainement une bonne vue d'ensemble. C'était l'endroit idéal pour surveiller discrètement les issues de la foire.

Peter jeta un coup d'œil à la ronde. Personne ne semblait s'intéresser à lui. Tout le monde était bien trop occupé! Le grand garçon se mit en marche d'un air dégagé et, sans se faire remarquer, arriva à la hauteur d'une ouverture dans la palissade.

Alors, vivement, il se glissa à travers la brèche. Il entreprit d'escalader l'échafaudage des poutrelles supportant les rails le long desquels glissaient autrefois les wagonnets. Il choisit un coin, où il put s'installer commodément et poussa un soupir de satisfaction : du haut de son perchoir, il distinguait nettement les deux entrées de la foire.

Parfaitement invisible, Peter commença son guet. Autour de lui, tout n'était que pénombre et silence. Un vent froid, venu de l'océan, faisait frémir la carcasse de poutrelles. La palissade semblait isoler l'ancien parc d'attractions du monde extérieur.

Entre le Grand Huit et la clôture, Peter apercevait le «Château Hanté», à l'aspect fantomatique. Plus à droitc, juste en bordure de la mer, le Tunnel des Amoureux s'allongeait. Les eaux paresseuses d'un étroit canal en léchaient l'entrée où, autrefois, de petits bateaux prenaient des couples pour les promener dans les méandres du tunnel.

Peter se sentait très seul là-haut. Soudain, il se redressa, en alerte : une silhouette venait de quitter la foire par l'entrée principale. C'était celle d'un homme qui, après un bref coup d'œil autour de lui, comme pour s'assurer qu'il n'était pas suivi, prit à grands pas la direction de Rocky. Peter le regarda, perplexe. Cette silhouette avait quelque chose de vaguement familier mais le jour déclinant ne permettait pas au jeune détective de se faire une opinion définitive.

Cette ombre... était-ce bien Khan? Peter croyait avoir reconnu ses épaules massives et sa barbe drue. Mais un chapeau à larges bords dissimulait son visage. Et puis, bien entendu, à la place du collant noir et or, Peter avait aperçu un très classique pantalon.

Peter se posait encore des questions quand, de nouveau, son attention fut attirée par un autre individu qui sortait, lui aussi, par l'entrée principale. Celui-ci, également, évoquait un personnage familier. Et pourtant, cette fois encore, Peter ne pouvait jurer de rien. Etait-ce vraiment le dompteur Dimitri en tenue de ville?

Le lieutenant d'Hannibal eut un brusque serrement de cœur. La vérité venait de lui sauter aux yeux : à cette distance, il était incapable de reconnaître les artistes de la foire, alors surtout qu'ils portaient des costumes différents.

Cette pénible constatation se trouva renforcée lorsque deux nouveaux personnages prirent le même chemin que les précédents. L'un était vieux, avec des cheveux gris... plutôt grand. L'autre était chauve et entre deux âges. Peut-être ce dernier était-il le mangeur de feu? Quant au premier, Peter ne le reconnaissait pas du tout.

Grommelant intérieurement, le jeune détective continua néanmoins son guet. D'autres personnes quittèrent la foire. Les répétitions devaient être terminées. Les artistes sortaient pour se détendre. Au fond, rien que de très normal.

Enfin, une dernière silhouette s'en alla. Celle-là, Peter la reconnut à coup sûr : c'était M. Carson lui-même. Le père de Ronny sortit par l'issue latérale, se dirigea rapidement vers une petite voiture en stationnement, monta dedans et démarra.

Peter changea de position sur son perchoir. Il se demandait s'il devait rester là ou quitter son poste pour tenter de rejoindre ses amis.

Tandis qu'il hésitait à prendre une décision, le vieux parc d'attractions se mit à gémir et à craquer autour de lui, sous l'effet du vent. On eût dit qu'il se moquait de lui!

Chapitre 10

L'homme au tatouage

Ayant laissé Peter en faction à la foire, Hannibal entraîna Bob et Ronny en direction du *Paradis de la Brocante.* Une fois là, tandis que ses compagnons, descendus de leurs bicyclettes, l'attendaient patiemment, le détective en chef disparut sans mot dire au milieu des objets hétéroclites qui encombraient la cour du bric-à-brac.

« Que fait-il, Bob ? demanda Ronny, intrigué.

— Je n'en sais rien, avoua Bob. Lorsque Babal a quelque chose en tête il se garde en général de nous le dire tant qu'il n'est pas sûr du résultat. Mais il est malin, sois tranquille... »

Des bruits divers parvinrent aux deux garçons. Il semblait qu'Hannibal fût en train de démolir une pile d'objets de rebut. A la fin, ils l'entendirent pousser un cri de triomphe. Presque aussitôt le chef des détectives reparut, souriant.

Il tenait quelque chose à la main.

«Je l'ai finalement déniché sous une vieille bassine, expliqua-t-il. Je savais bien que nous en avions un quelque part! On trouve de tout au *Paradis de la Brocante*!»

Il brandit à bout de bras le plus minable chat en peluche que Bob et Ronny aient jamais vu! C'était un animal blanc et noir, auquel il manquait un œil et qui perdait du son par maintes déchirures.

«A quoi va te servir cette horreur? demanda Ronny, sidéré.

— A répondre à l'annonce, parbleu! répondit Hannibal.

— Mais, Babal, objecta Bob, ce chat ne ressemble pas du tout aux chats biscornus de Ronny!

— Il leur ressemblera! affirma Hannibal sans se démonter. Suivez-moi!»

Il précéda ses camarades dans le tunnel numéro deux. Une fois dans la caravane servant de Q.G., il prit place devant un petit établi.

«Archives! ordonna-t-il. Appelle le numéro de téléphone indiqué dans cette annonce et demande à quelle adresse nous devons nous rendre.»

Tandis que Bob obéissait, Hannibal, sans perdre de temps, s'attaqua au chat en peluche. Il travaillait vite et bien. Il commença par recoudre les déchirures. Puis il passa de la peinture à prise rapide sur le dos de l'animal.

Bob raccrocha au bout d'un moment et vint rejoindre Ronny près de l'établi.

« Tu as l'adresse, Archives ? demanda Hannibal sans lever la tête de son travail.

— Le numéro de téléphone est celui d'une agence de renseignements, expliqua Bob. On m'a répondu que nous devions nous rendre au 47 de la rue San Roque. Ce n'est qu'à dix blocs d'ici, Babal.

— Parfait. Nous irons dès que j'aurai fini. »

Une demi-heure plus tard, Hannibal se rejeta en arrière d'un air satisfait.

« Et voilà ! Un matou en peluche noir, qui cligne de l'œil et porte un collier rouge. Merveilleux !

— Peut-être, mais il ne ressemble guère aux chats de Ronny ! fit remarquer Bob.

— Il est assez bon pour ce que je veux en faire ! déclara le chef des détectives. Et maintenant, en route, mes amis ! Allons offrir cette pièce rare à notre amateur de chats en peluche ! »

Il ne fallut pas plus de dix minutes aux trois garçons pour atteindre un massif de palmiers tout proche du 47 de la rue San Roque. Dissimulés derrière les arbres, ils examinèrent la maison qui les intéressait. Bâtie un peu en retrait de la rue, elle était de dimensions modestes. Si l'on en croyait les vestiges d'une enseigne qui se balançait au-dessus de la porte, elle avait jadis servi de boutique et de demeure à un horloger. Pour l'instant, autant qu'on pouvait en juger en cette fin d'après-midi sombre, il n'y avait personne à l'intérieur. Les rideaux n'étaient pas tirés et aucune lumière ne brillait aux fenêtres.

La rue, en revanche, était loin d'être déserte! Une foule de garçons et de filles grouillait autour de la maison. Tous étaient porteurs de chats en peluche. Les chats eux-mêmes offraient une grande variété. Les jeunes vendeurs semblaient impatients. Hélas! La porte restait close.

« La plupart de ces chats ne répondent pas à la description donnée dans l'annonce, fit remarquer Bob. Est-ce que ces gosses ne savent pas lire ou quoi?

— Chacun espère que l'acheteur fera une exception en sa faveur, répliqua Hannibal. Tous ont tellement envie de vendre vingt-cinq dollars un animal de son qui n'en vaut pas dix!

— Tout le monde veut avoir quelque chose pour rien! souligna Ronny. Nous, les forains, nous le savons bien!»

A cet instant précis, une petite voiture bleue s'arrêta devant la grille de la maison. Un homme en descendit vivement et se dirigea à grands pas vers l'entrée. Il était trop loin et marchait trop vite pour que les trois garçons aient la possibilité de bien le voir.

Il ouvrit la porte et le flot des vendeurs de chats s'engouffra partiellement à sa suite. Ronny, derrière ses palmiers. ne tenait plus en place :

« Que fait-on maintenant, Hannibal? demanda-t-il.

— Tout d'abord, mon vieux, est-ce que cette voiture bleue te rappelle quelque chose?»

Ronny regarda attentivement la petite auto.

« Non, Babal, répondit-il au bout d'un

moment. Je ne crois pas l'avoir déjà vue. La majorité des forains possèdent des voitures bien plus grosses que celle-là pour tirer leur caravane.

— Oui... je m'en doute! murmura Hannibal. Toi et moi, nous allons rester ici, à faire le guet. Dans un instant, si c'est possible, l'un de nous s'approchera de cette voiture pour l'examiner. Il nous faudra être prudents... Je ne pense pas que le voleur soit sur ses gardes, mais si c'est un gars de la foire, comme je le crois, il pourrait te reconnaître, Ronny!

— Et moi, qu'est-ce que je fais? demanda Bob.

— C'est bien simple. Tu vas aller proposer notre chat comme si tu étais l'un quelconque de ces jeunes, là-bas! Si mes déductions sont correctes, notre homme refusera d'acheter. Mais du moins auras-tu une bonne occasion de le voir de près. Peut-être même pourras-tu découvrir ce qui rend ces chats si importants à ses yeux.

— Entendu, chef!» répondit Bob.

Là-dessus, il enfourcha de nouveau son vélo et, le chat sous le bras, pédala jusqu'à la maison. Arrivé à la grille, il mit pied à terre et rejoignit le flot des garçons et des filles qui progressait vers la porte.

Quand il eut à son tour franchi le seuil, Bob se retrouva dans une vaste pièce où se pressaient les vendeurs de matous. Le mobilier était réduit à quelques chaises et à une longue table. Assis derrière cette table et à demi caché par ses visiteurs, l'homme à la voiture bleue recevait les chats et les examinait l'un après l'autre.

«Non, mes enfants, je regrette! dit-il d'une voix sourde à deux garçons qui venaient de pousser devant lui trois gros chats de peluche. Ces animaux ne ressemblent pas du tout à ceux que je recherche. Vous avez mal lu mon annonce. Je demandais une sorte très spéciale de chat... un chat... ah! Tenez! Comme celui-ci!»

Et, allongeant vivement le bras, l'homme prit des mains d'un autre garçon un chat en tout point semblable à celui que Peter avait gagné puis perdu à la foire. Bob ouvrit de grands yeux. Sur l'avant-bras gauche de l'homme s'étalait, bien visible, un tatouage représentant un voilier toutes voiles déployées.

«Parfait! Voilà exactement ce que je veux!» dit l'homme au tatouage en comptant sur-le-champ vingt-cinq dollars au gamin qui lui avait apporté le chat biscornu.

Mais Bob ne l'écoutait plus. Il était en train de penser que, si l'individu faisait partie de la foire Carson, Ronny devait certainement connaître ce tatouage! Non, il n'était pas possible qu'il ne l'ait pas remarqué! De toute façon, lui, Bob, se souviendrait du visage de l'homme!

Le jeune garçon regarda intensément le visage tanné de l'individu tatoué. Sentant ce regard sur lui, l'inconnu leva les yeux, aperçut Bob et lui fit signe :

«Hé, toi, là-bas! Le garçon au pull rouge! Avance un peu que je voie ton chat!»

Bob s'approcha de la table en faisant de son mieux pour dissimuler sa frayeur. Mais l'homme se contenta de tendre la main et de saisir le chat. Après un bref coup d'œil à l'animal truqué, il leva la tête et sourit à Bob.

« Ma foi, il a été maquillé mais c'est du beau travail. Je vais l'emporter à la maison. Mes enfants seront ravis de l'avoir. Tiens, voilà ton argent, fiston ! »

Stupéfait, Bob encaissa vingt-cinq dollars sans comprendre ce qui lui arrivait. Il considéra l'homme tatoué avec des yeux ronds. Par chance, son acheteur s'intéressait déjà à d'autres chats. Reprenant ses esprits, Bob s'écarta de la table.

Dans ce mouvement, il aperçut, juste derrière le meuble, les animaux de peluche déjà achetés. Il y avait là, outre le chat peinturluré par Hannibal, un autre chat qui ne ressemblait pas davantage aux chats types. En revanche, il y en avait deux autres absolument identiques à celui de Peter.

Le flot des jeunes vendeurs s'amenuisait d'instant en instant. Bob hésita. Devait-il partir avant d'attirer l'attention du suspect ou au contraire rester encore un peu pour tâcher d'en apprendre davantage sur les chats qui clignaient de l'œil ?

Le tatoué, cependant, était en train d'expliquer à deux filles déçues :

« Essayez de comprendre ! Je cherche des chats d'un certain modèle pour les assortir à un chat géant que mes enfants possèdent à la maison. Ce jouet gigantesque est leur mascotte. Aussi ma femme et moi, avons-nous décidé d'offrir à nos garçons pour Noël plusieurs chats semblables mais plus petits. Or, on n'en trouve pas facilement. L'article est importé d'Allemagne et je crois bien, même, qu'on ne le fait plus.»

Soudain, un gamin qui, lui non plus, n'avait pas réussi à caser son animal de peluche, s'avança vivement.

«Je comprends, m'sieur! dit-il... Je peux vous indiquer quelqu'un qui a un chat comme vous les voulez! C'est mon copain Billy Motha. Il a gagné un chat à la foire Carson! Bill habite à deux pas de chez moi, au 39 de la place Chelham...

— Je n'ai pas le temps d'aller là-bas, mon garçon», répondit l'homme tatoué.

Le temps d'un éclair, Bob eut la certitude que son suspect avait jeté un coup d'œil dans sa direction. Et puis, il se demanda s'il n'avait pas été victime de son imagination. Cependant, comme il ne restait plus que quelques rares enfants dans la pièce. Bob comprit qu'il éveillerait les soupçons en s'attardant davantage.

Il se dirigea vers la porte sans se faire remarquer, alors que le tatoué était occupé à acheter un autre chat biscornu tout semblable à celui de Peter... Une fois dehors, Archives et Recherches sauta sur son vélo et pédala jusqu'au bouquet de palmiers derrière lequel attendaient ses camarades. Hannibal et Ronny l'accueillirent avec empressement :

«Tu as été long à revenir! fit remarquer Ronny.

— J'essayais de savoir ce que ces chats pouvaient avoir de si précieux, soupira Bob, mais je n'y suis pas arrivé! En revanche, j'ai vu notre homme de près. Il a un teint basané et porte au bras gauche un tatouage représentant un voilier! Reconnais-tu l'individu, Ronny?

— Un homme avec un voilier tatoué sur le bras gauche? répéta Ronny en plissant le front. Non, ma foi, Bob. Je ne le connais pas. Certains de nos bonimenteurs portent des tatouages, mais différents de celui-là.»

Hannibal était pensif.

«Peut-être notre homme cache-t-il avec soin son tatouage quand il est à la foire, hasarda-t-il. Et peut-être son teint sombre est-il dû à un maquillage. Bob! Ronny est allé voir sa voiture mais cela ne lui a rien appris. Nous avons cependant relevé son numéro.

— J'ai autre chose d'important à vous annoncer! déclara Bob. Il a acheté notre chat!»

Hannibal haussa le sourcil d'un air incrédule.

«Il l'a acheté?... Notre chat truqué?»

Bob sortit les vingt-cinq dollars de sa poche.

«Il a acheté cinq chats en tout! Trois d'entre eux ressemblent comme des frères aux chats de Ronny, mais le nôtre et un cinquième sont absolument différents... Qu'est-ce que cela veut dire, Babal?»

Au lieu de répondre, Hannibal posa une question :

«Crois-tu qu'il t'ait reconnu, Bob?

— Comment l'aurait-il pu? Je ne l'ai jamais vu auparavant!

— A moins qu'il ne fasse qu'un avec le voleur d'hier soir! fit remarquer Hannibal. S'il t'a reconnu, peut-être a-t-il acheté deux chats quelconques pour brouiller la piste sous notre nez!

— Tu dis qu'il a seulement acheté trois chats comme les miens? questionna Ronny.

— Oui. Mais un gamin lui a appris qu'un de ses amis avait gagné un chat à la foire. Il a même donné l'adresse de son copain... un certain Billy Motha, 39 place Chelham.

— Excellent travail, Archives! s'écria Hannibal. Félicitations, mon vieux! S'il cherche à s'approprier les chats de la foire et si les trois qu'il a achetés ne font pas son affaire, il va certainement courir après ce quatrième chat! Nous allons donc, nous aussi, aller trouver Billy Motha! Mais auparavant, essayons de savoir ce que notre homme fait des chats qu'il a en sa possession. Et si nous le découvrons, alors... chat ira.»

Ronny lui coupa la parole en annonçant :

«Je crois que voilà le dernier vendeur qui s'en va...»

Les trois amis à l'affût virent en effet un jeune garçon solitaire s'éloigner à grandes enjambées de la maison. Il portait sous son bras un chat blanc et bleu, apparemment dédaigné par l'acheteur de matous biscornus.

A son tour, l'homme au tatouage parut sur le seuil. D'un coup d'œil, il s'assura que la rue était déserte puis rentra en refermant avec soin la porte derrière lui.

«C'est le moment! Venez!» enjoignit Hannibal à ses compagnons.

A présent, le crépuscule était tout proche. Les trois garçons se glissèrent sous la fenêtre de la pièce où se trouvait leur suspect et, tout doucement, haussèrent la tête de manière à pouvoir regarder à l'intérieur.

«Je le vois!» annonça Bob dans un souffle.

L'homme au teint brun était assis à la longue table. Les trois chats qu'il avait achetés se trouvaient alignés devant lui. Il se mit à les examiner.

«Ce sont bien mes chats! Je les reconnais! chuchota Ronny.

— Regardez dans le coin, là-bas!» ordonna Hannibal à voix basse.

Ses camarades obéirent. Sur le plancher, derrière la table, ils aperçurent deux autres chats en peluche... ceux qui ne ressemblaient en rien au chat perdu par Peter!

«Vous voyez! dit Hannibal! Il a laissé de côté ces deux chats! Il ne s'intéresse qu'à ceux de la foire!

— Chut!» fit Bob, effrayé.

Hannibal, dans sa fièvre, avait involontairement élevé la voix.

Dans la pièce, l'homme laissa tomber le chat qu'il tenait et se leva.

Un couteau brillait dans sa main...

Chapitre 11

Les événements tournent mal

Trop effrayés pour s'enfuir, les trois garçons restèrent sur place, comme paralysés. Ils ne pouvaient détacher leur regard de l'homme qui brandissait son couteau.

Brusquement, le tatoué attrapa l'un des chats et, d'un coup de lame, lui ouvrit le ventre. Il plongea alors la main à l'intérieur de l'animal, fouillant le son qui coulait sur la table. Puis il rejeta la carcasse, saisit un autre chat et recommença l'opération. Enfin, il s'attaqua au troisième chat de peluche... Sa fouille fébrile semblait n'avoir donné aucun résultat.

L'homme se laissa retomber sur son siège, haletant. Il jeta un regard haineux aux animaux en peluche vidés de leur son. Bob chuchota :

« Il n'a pas trouvé ce qu'il cherchait !

— C'est évident ! admit Hannibal sur le même ton. Mais nous sommes sûrs désormais que ce qu'il cherche se trouve à l'intérieur d'un chat...! et s'il n'a pas trouvé le mystérieux objet dans ces chats-là, ni dans celui de Peter, il faut bien qu'il soit dans le cinquième... celui que possède Billy Motha! En nous dépêchant, nous pouvons arriver chez Billy avant cet individu et...

— Attention, Hannibal! Le voilà qui sort!» lança Ronny.

Dans la pièce, l'homme au tatouage s'était remis debout d'un bond. Son regard furieux fit le tour de la pièce. Puis il attrapa son chapeau sur une chaise.

«Vite, mes amis, cachons-nous dans ces buissons!» ordonna Hannibal.

Tous plongèrent dans le fouillis de verdure afin de s'y dissimuler. La porte d'entrée s'ouvrit et se referma. Le tatoué longea rapidement la courte allée, sans même jeter un coup d'œil dans leur direction. Puis il franchit la grille. On entendit ronfler le moteur de sa voiture.

«Le voilà parti à la recherche du cinquième chat! soupira Bob, très ennuyé.

— Peut-être pourrons-nous arriver là-bas en même temps que lui? suggéra Ronny.

— Avec nos bicyclettes? répliqua Bob en haussant les épaules. Tu n'y penses pas! La place Chelham est à environ huit kilomètres d'ici... pas très loin de la foire!»

Les trois garçons échangèrent des regards désespérés.

«Il va acheter le dernier des chats qui clignent de l'œil! gémit Bob. Impossible de l'en empêcher!

— Je le crains, en effet!» grommela Hannibal en se redressant.

D'un air morne, il considéra la maison, pardessus les buissons. Soudain, ses yeux s'allumèrent.

«Après tout, jeta-t-il d'un ton joyeux, nous n'avons pas dit notre dernier mot. Regardez ces fils... Cette bicoque possède le téléphone!»

Sans même attendre ses camarades, le chef des détectives se rua sur la porte d'entrée. Elle était fermée à clé.

«Les fenêtres!» cria Ronny.

Tout en parlant, le jeune forain poussait l'une des fenêtres de la grande pièce du bas. Elle céda brusquement. Les trois garçons l'escaladèrent.

«Cherchons vite l'appareil téléphonique! ordonna Hannibal.

— Il est là, dans le coin... sur le plancher!» dit Ronny.

Hannibal décrocha en hâte le combiné et écouta. Son visage exprima la consternation.

«La ligne est morte! annonça-t-il. Impossible de prévenir Billy Motha!

— Qu'allons-nous faire? demanda Bob.

— Je n'en sais rien... Peut-être devrions-nous essayer d'aller là-bas à toutes pédales... en espérant que le tatoué aura trouvé porte close et que nous pourrons intercepter Billy Motha à temps.

— Ce serait bien un miracle! soupira Bob.

— Essayons de trouver une cabine téléphonique dans les parages! conseilla Ronny. Ce sera plus sûr.»

Le détective en chef n'eut pas le loisir de répondre... Ses camarades et lui venaient d'être alertés par un léger bruit de pas en direction de la maison. Bob se fit tout petit et rampa jusqu'à la fenêtre la plus proche. Il regarda au-dehors, se rejeta en arrière, puis rejoignit ses compagnons :

« L'homme au tatouage! murmura-t-il, effrayé. Le voilà qui revient!

— Filons par la fenêtre! chuchota Ronny.

— Pas le temps! hoqueta Bob.

— Vite! Dans l'autre pièce!» ordonna Hannibal.

Tous trois se bousculèrent, tant ils mirent d'empressement à exécuter la manœuvre. Ronny se réfugia le premier dans la pièce qui faisait suite à la première. Bob arriva juste derrière lui, Hannibal sur les talons. Cette arrière-salle petite et complètement dépourvue de mobilier était assez obscure en raison de ses persiennes fermées.

Les trois garçons, immobiles et muets, entendirent la porte de la première pièce s'ouvrir puis se refermer.

Un long silence suivit.

Et puis, tout à coup, un rire sardonique éclata derrière le battant qui séparait les deux pièces et qu'Hannibal avait tiré derrière lui... Un rire bas, déplaisant...

« Alors, jeunes gens! Vous vous êtes crus très malins, pas vrai? Eh bien! nous allons veiller à ce que vous n'ayez plus l'occasion de l'être... dans votre propre intérêt. »

Hannibal, Bob et Ronny se regardèrent,

effrayés. Derrière la porte, le rire s'éleva de nouveau :

« Vous pensiez que je ne vous avais pas aperçus, à la fenêtre ? Comme si l'on pouvait me rouler, moi ! Vous me prenez pour plus bête que je ne suis ! Savez-vous ce que vous êtes ? Un joli trio d'imbéciles ! Parfaitement ! Vous ne m'avez même pas entendu revenir avec ma voiture. Je me suis contenté de faire le tour du pâté de maisons... et me voici ! Eh bien, je vais vous donner tout le temps de méditer sur votre sottise... comptez sur moi ! »

Les garçons entendirent nettement une clé tourner dans la serrure, puis perçurent le bruit métallique d'une barre de fer retombant pour condamner la porte. Ils étaient prisonniers dans l'arrière-salle !

« Voilà qui vous obligera à rester tranquilles ! reprit la voix sourde de leur ennemi. Au moins pour un bon bout de temps ! Et rappelez-vous ce que je vous dis : quand vous sortirez de là, veillez bien à ne pas vous retrouver sur mon chemin ! »

Cette fois, aucun éclat de rire sardonique ne vint souligner l'avertissement. Les garçons entendirent des pas qui s'éloignaient, puis le claquement sec de la porte d'entrée. Un lourd silence s'abattit sur la petite maison.

Hannibal fut le premier à le rompre :

« La fenêtre ! » dit-il d'une voix ferme.

Dans l'obscurité grandissante, il s'avança jusqu'à la fenêtre, l'ouvrit et se prépara à écarter les persiennes. Soudain, il s'immobilisa.

« Il y a des barreaux ! annonça-t-il. Je suppose

que l'horloger qui habitait ici autrefois se servait de cette pièce comme réserve.

— Ouvre les persiennes! conseilla Bob. Nous crierons tous ensemble!»

Mais c'est en vain qu'ils poussèrent, en chœur, des cris à réveiller les morts. Personne ne vint à leur secours. De plus, les maisons les plus proches se dressaient malgré tout à une certaine distance de là. Au bout d'un moment, Ronny abandonna et s'assit par terre. C'est alors qu'il remarqua quelque chose à la lueur grisâtre qui filtrait du dehors... Une chose que la pénombre les avait empêchés de voir plus tôt!

«Regardez! Une porte de derrière!»

Hannibal ne fit qu'un bond. Malheureusement, la petite porte était fermée à double tour... et le battant bien trop épais pour qu'on puisse songer à l'enfoncer!

«Nous voilà pris au piège! grommela Ronny. Et ce maudit tatoué va rafler le dernier des chats! Il n'y a plus rien à espérer!

— Il faut toujours espérer, au contraire! s'écria Hannibal avec conviction. Vous oubliez ma nouvelle invention, mes amis : mon localisateur! Peter va voir s'allumer son voyant rouge. L'aiguille de direction le conduira jusqu'à nous et il nous délivrera!»

Le chef des détectives venait de tirer de sa poche le petit appareil qu'il avait construit lui-même. Il l'approcha de ses lèvres,

«Au secours! dit-il posément. Au secours!»

La petite boîte émit un faible bourdonnement.

« Le voyant ne s'allume que sur l'appareil qui reçoit ! » expliqua Hannibal.

Les trois prisonniers écoutèrent le signal se répéter. Ils se demandaient si Peter recevait bien leur S.O.S. !

Peter, toujours installé sur son perchoir, parmi les poutrelles, frissonna au vent qui, soudain, se faisait plus âpre. En cette triste journée, le crépuscule tombait plus tôt que d'habitude. C'est à peine, maintenant, si le jeune garçon distinguait les deux entrées de la fête foraine.

Aucune des personnes qu'il avait vues partir n'était encore revenue. Cependant, la foire rouvrirait dans moins d'une heure. Où étaient donc passés les forains qui étaient sortis ? Et où se trouvaient Hannibal, Bob et Ronny ? Ronny devait regagner son stand de tir un peu avant l'ouverture de la foire et cela ne ressemblait guère à Hannibal et à Bob de rester si longtemps absents sans envoyer de message...

Peter commençait à se tracasser pour de bon.

Il maudisait tout bas la fâcheuse tendance d'Hannibal à cacher ses projets à ses amis ! Le détective en chef soignait ses effets. Il avait le goût du dramatique. Mais cela, parfois, mettait ses amis dans un cruel embarras. Peter n'avait guère envie de déserter son poste mais le malaise qu'il ressentait à rester là allait sans cesse croissant... A la fin, il se décida...

Peter dégringola donc prestement de son perchoir et se hâta en direction de la brèche par laquelle il était venu. Il passa ainsi devant l'entrée du «château hanté» qui affectait la forme d'une bouche de géant hilare... un géant qui semblait rire de lui!

Une fois la brèche franchie, Peter se retrouva dans un endroit plus sympathique. La joyeuse musique du manège jouait déjà. Des forains ôtaient les bâches recouvrant les wagonnets de la Grande Roue... Cependant, Ronny Carson n'était pas de retour au stand de tir.

Peter se mordit la lèvre. Où donc se trouvaient ses camarades? Le détective adjoint se disait qu'Hannibal avait certainement conduit Bob et Ronny jusqu'à l'acheteur de chats biscornus. Mais où? Il n'en avait aucune idée! Peter pressentait que ses amis couraient un danger.

«S'ils reviennent à la foire, se dit-il, ils s'attendront à me retrouver à mon poste! Sans doute seront-ils impatients de savoir ce que j'ai pu apprendre depuis leur départ... En quittant le parc d'attractions comme je l'ai fait, je risque de les manquer... D'un autre côté, s'ils sont en difficulté, il faut que j'aille à leur secours...»

A cet instant de ses réflexions, Peter se rappela le localisateur qu'il avait dans la poche.

Il le sortit vivement, le prit dans ses mains et le regarda. L'appareil n'émettait pas le moindre bourdonnement. Et le petit voyant rouge n'était pas allumé!

Chapitre 12

L'araignée humaine

Dans la réserve fermée à clé de la petite maison, Ronny, toujours assis par terre, leva les yeux vers Hannibal.

« A combien porte ton localisateur, Babal ? » demanda-t-il.

Le chef des détectives laissa échapper un gémissement.

« A cinq kilomètres seulement !... Flûte ! J'avais oublié ! Et le champ où se dresse la foire se trouve à plus de huit ! Peter ne pourra pas recevoir notre signal de détresse ! »

Les trois garçons se regardèrent tristement.

« Quelqu'un finira bien par entendre nos hurlements ! dit Bob d'une voix qui se voulait optimiste.

— Ça ne fait aucun doute ! répondit Hannibal. Mais nous n'allons pas attendre... Il faut chercher un moyen de sortir d'ici par nous-mêmes. Si l'on en croit les experts, il n'existe pas de pièce, si bien fermée soit-elle, dont on ne puisse s'évader d'une manière ou d'une autre. Il y a toujours une faille quelque part. Il suffit de la trouver. Cherchons!»

Ronny manquait d'enthousiasme.

« A quoi bon? soupira-t-il. Nous avons déjà regardé partout!...

— Quelque chose a pu nous échapper! dit Hannibal. Bob! Je te charge d'examiner les murs à leurs endroits faibles : là où passent les tuyaux par exemple! Moi, je m'occupe de la fenêtre. Toi, Ronny, regarde les portes et fouille ce réduit, dans ce coin. »

En dépit de leur pessimisme, Bob et Ronny reprirent courage en constatant que leur chef refusait de s'avouer vaincu. Ils se mirent à la tâche avec un regain d'ardeur. Bientôt cependant Ronny se persuada qu'il était impossible d'ébranler les portes ou de forcer leurs serrures. Bob, de son côté, ne rencontrait que des murs bien solides, sans la moindre faille.

« Allez! Continuez! Cherchez! leur répétait sans cesse Hannibal. Il faut à tout prix trouver une issue. Courage!»

Lui-même s'escrimait contre les barreaux de la fenêtre, s'interrompant seulement de temps en temps pour appeler à l'aide. Bob, à quatre pattes, examinait à présent les murs au ras du sol. Sans entrain, Ronny recommença à explorer le petit placard d'angle. Et, soudain, il poussa un cri :

« Hannibal! Bob! Regardez ce que j'ai déniché!»

Le jeune Carson brandissait une feuille de papier qu'il venait de trouver dans le réduit.

En dépit de la demi-obscurité qui régnait dans la pièce, les yeux de chat de Ronny avaient pu déchiffrer ce qui était écrit sur le feuillet.

« C'est un itinéraire complet de notre foire ! expliqua-t-il. Route et programme pour la Californie sont consignés là-dessus !

— J'avais donc raison ! s'écria Hannibal, ravi. L'homme tatoué est un de vos forains !

— Ou, tout au moins, il s'intéresse de près aux déplacements des Carson ! dit Bob.

— Ronny ! jeta brusquement le chef des détectives. N'as-tu pas identifié sa voix ? Tu n'as reconnu ni le tatouage ni le visage, mais pense à sa voix...

— N... non ! dit lentement Ronny. Non ! Je suis certain de n'avoir jamais entendu cette voix, Babal ! »

Hannibal réfléchit un instant, puis hocha la tête.

« Il a pu déguiser sa voix comme le reste, murmura-t-il. Elle est sourde, très sourde même. Ce n'est pas tellement naturel ! »

Après avoir considéré un long moment l'itinéraire de la foire, Bob entreprit de fouiller à son tour le petit placard d'angle. Celui-ci était encombré de vieilles planches et de boîtes. Soudain, Archives se releva. Il tenait une brassée de vêtements d'aspect étrange.

« Regardez, mes amis ! J'ai trouvé ça entre une boîte et le mur du fond ! »

Il exhibait une sorte de combinaison très collante, noire, qui, une fois enfilée, devait mouler tout le corps. Il y avait aussi, pour compléter ce costume très spécial, une cagoule, noire elle aussi, qui laissait le visage à découvert, et enfin une paire de sandales noires dont les curieuses semelles de caoutchouc ressemblaient à des ventouses.

Le front du détective en chef se plissa...

« On dirait une espèce de déguisement ! Peut-être s'agit-il d'un travesti de carnaval... ou d'un costume de parade !... Ronny ! Cela te rappelle-t-il quelque chose ? Un de vos forains ne porte-t-il jamais un truc de ce genre ? »

Ronny ne répondait pas. Il considérait les effets noirs d'un air extrêmement intrigué. Puis il les prit en main et les regarda de plus près.

« Eh bien ! Ronny ? » dit Hannibal avec impatience.

Le jeune Carson secoua la tête :

« Personne, à la foire, ne porte un costume semblable à celui-ci, mais... Ecoutez ! je ne pourrais pas le jurer, mais ce costume ressemble beaucoup à celui que portait Gario, l'Araignée Humaine !

— L'Araignée Humaine ? répéta Bob, surpris.

— Oui !... expliqua Ronny, Gario a eu jadis son heure de célébrité. A l'époque, je n'étais encore qu'un enfant. Mon père travaillait alors près de Chicago. Je vivais chez ma grand-mère, mais elle ne pouvait pas m'empêcher d'aller applaudir papa chaque fois que j'en avais l'occasion. Gario, l'Araignée Humaine, s'exhibait dans son cirque. Il n'y est pas resté longtemps. Papa et moi, nous l'avons en fait très peu connu. Cependant, je me souviens de lui car il a été chassé, à la suite d'un vol dont il s'était rendu coupable. Je crois me rappeler que, par la suite, il a encore eu des ennuis avec la justice et qu'il a fait de la prison.

— De la prison? répéta vivement Hannibal. Ce serait donc sans doute un voleur? Est-ce que ce Gario ressemblait à l'homme tatoué, Ronny?

— Je ne saurais te le dire, Babal! Comme âge, cela correspond, me semble-t-il. Mais je ne me rappelle pas bien Gario. Papa ne le reconnaîtrait pas davantage, je pense. Ou alors il faudrait qu'on stimule sa mémoire d'une façon ou d'une autre. Vous comprenez, nous n'avons pratiquement jamais vu Gario sans son costume.

— Un costume qui ressemblait tout à fait à celui-ci? demanda Hannibal.

— Tout à fait, oui! Plus je le regarde et plus j'en suis persuadé. Les chaussures, surtout, sont caractéristiques. Il n'y a que les araignées humaines qui s'en servent... pour monter le long des murs... des murs pas absolument verticaux, bien sûr, mais des murs tout de même...

— Une araignée humaine? répéta Hannibal, sidéré.

— Oui. On appelle aussi ce genre d'acrobate : “Homme Araignée”. En tout cas, c'est ainsi que Gario se faisait appeler! Il grimpait le long d'un mur avec une aisance qui...»

Mais Hannibal ne l'écoutait plus!

«Le voleur moustachu! s'écria-t-il. Celui qui t'a volé ton dernier chat, Ronny! Rappelez-vous la façon dont il nous a échappé! Il s'est précipité dans un cul-de-sac! La seule manière de se sauver était de passer par-dessus la haute palissade. Eh bien!... personne n'aurait pu y arriver... sauf un acrobate entraîné à se jouer d'obstacles semblables!

— Et Gario savait aussi comment se faire obéir d'un lion! ajouta Ronny.

— Ne vous emballez pas! dit Bob, perplexe. Ronny nous a affirmé qu'il n'avait pas reconnu l'homme au tatouage.

— Le tatouage, la voix, le teint basané... tout cela fait peut-être partie d'un camouflage! fit remarquer Hannibal. Ecoutez, mes amis! Plus que jamais il nous faut sortir d'ici! Si notre voleur s'empare du cinquième chat et se sauve avec, soyez sûrs que nous ne le retrouverons jamais! Hurlons tous ensemble!»

Le visage collé aux barreaux, les trois garçons se mirent à appeler au secours avec une espèce de frénésie. Mais aucune voix ne fit écho à la leur...

Peter arriva à toutes pédales dans la cour du bric-à-brac des Jones. Une demi-heure plus tôt, il avait pris une décision définitive : il irait à la recherche de ses camarades...

Il espérait vaguement les retrouver au *Paradis de la Brocante.* Hélas! la seule personne qu'il vit dans la cour fut Konrad qui, dans le crépuscule envahissant, se hâtait de décharger la plus petite des deux camionnettes.

«Avez-vous vu Hannibal et Bob, Konrad? demanda Peter à l'employé de l'oncle Titus.

— Non, répondit le Bavarois. Ça fait même un bon bout de temps que je ne les ai aperçus. Y aurait-il du vilain, par hasard?

— Je n'en sais rien, avoua Peter très ennuyé. Je... »

Konrad l'interrompit en levant sa grosse main.

« Attends un peu, Peter. Qu'est-ce que c'est que cet étrange bruit ? Ecoute... »

Le grand Bavarois regardait autour de lui avec curiosité. Peter écouta comme on le lui conseillait et, à son tour, entendit une sorte de bourdonnement étouffé qui semblait venir de tout près... de sa poche même !

« Le signal ! » s'écria Peter en plongeant la main dans sa poche d'où il retira le petit localisateur.

Son regard tomba tout de suite sur le voyant rouge qui brillait comme un œil lumineux.

« Konrad ! Hannibal et Bob sont en danger ! »

Et Peter, rapidement, expliqua au Bavarois comment fonctionnait la nouvelle invention du chef des détectives. Konrad ne perdit pas de temps :

« Viens, Peter ! cria-t-il de sa voix puissante. Il faut les retrouver ! »

Là-dessus, il bondit au volant de la camionnette. Peter se précipita pour prendre place à côté de lui. Tandis que Konrad conduisait, Peter ne quittait pas des yeux l'aiguille directrice qui oscillait sur le cadran du localisateur inventé par Hannibal.

Dès que la camionnette eut atteint le coin de la rue, Peter ordonna vivement :

« A gauche, Konrad ! »

Puis, lorsque le véhicule eut tourné :

«Encore à gauche... Et maintenant, tout droit...»

Konrad, agrippé au volant, obéissait sans un mot. Peter le dirigeait de son mieux. Ce n'était pas facile, car il y avait quantité de sens interdits dans les petites rues étroites du quartier. Sans cesse, il fallait faire des crochets pour reprendre la ligne droite et continuer en direction de l'endroit d'où provenait le signal.

Peter ne cessait de crier :

«A droite maintenant, Konrad!... A gauche!... Encore à gauche! Et de nouveau tout droit!»

En dépit des continuels changements de route, le brave Konrad se rapprochait rapidement du point d'où partait le S.O.S.

«Le bourdonnement augmente d'intensité! annonça soudain Peter avec animation. Nous ne devons plus être très loin à présent!»

La camionnette venait de déboucher dans une rue calme. En cette heure crépusculaire, elle était même complètement déserte. Konrad ralentit l'allure tandis que Peter regardait à droite et à gauche, tout le long de l'artère silencieuse. Mais le détective adjoint avait beau écarquiller les yeux, il ne voyait rien. De nouveau, il consulta l'aiguille du localisateur.

«C'est sur la droite, Konrad... et très près à ce qu'il semble!»

Konrad scruta l'ombre à son tour, sans plus de succès. Très ennuyé, il avoua :

«Je ne vois rien, Peter! Rien de rien!

— Attendez! cria Peter. C'est derrière nous,

maintenant! Le bourdonnement est moins fort.»

Konrad freina aussitôt et fit marche arrière... Bientôt, Peter désigna une petite maison en retrait de la rue :

«Je crois que c'est là, Konrad! Oui... cette maison!»

Konrad arrêta la camionnette et sauta à terre avant que son jeune passager ait fini de parler.

«Vite, Peter! rugit-il. Portons-leur secours!»

Déjà il s'élançait en direction de la façade de la maison suspecte. Peter le rejoignit en courant.

«La porte est fermée, Peter! Je n'entends rien! Si...»

Le Bavarois n'acheva pas sa phrase. Il préférait l'action aux discours. Tandis que Peter, consterné, regardait la porte close. Konrad se recula, mâchoires serrées, prêt à foncer sur l'obstacle. Il allait s'élancer quand un geste de Peter l'arrêta.

«Une minute! S'ils sont bien ici, je sais comment les retrouver...» Et, se penchant sur le localisateur, Peter murmura : «Au secours! Au secours!»

Aussitôt, comme un écho, des cris s'élevèrent de derrière la petite maison :

«Au secours, Peter! Par ici! Par ici!»

Peter et Konrad contournèrent la maison au pas de course. Les mains puissantes du géant bavarois firent rapidement sortir de ses gonds la porte de derrière. Un instant plus tard, Hannibal, Bob et Ronny, souriants, remerciaient ceux qui les avaient délivrés.

« Nous avons vu s'allumer le voyant de notre localisateur expliqua Bob. Nous avons su alors que tu étais tout près !

— C'est bien ce que j'espérais ! dit Peter. Ce signal... »

Il s'interrompit en voyant arriver un homme d'un certain âge, venant apparemment de la rue. L'homme gesticulait et semblait fort en colère.

« Que faites-vous chez moi ? s'écria-t-il. Je vous traduirai en justice pour bris de clôture !

— Nous sommes navrés, expliqua Hannibal, mais nous avons dû faire sauter cette porte pour sortir de la maison où un homme nous avait enfermés... un homme avec un tatouage au bras. Cet homme est-il votre locataire, monsieur ?

— Enfermés ? Un homme tatoué ? Que diable me chantez-vous là ! Ce matin même j'ai loué ma maison à un monsieur fort convenable. Un homme plutôt âgé. Un commerçant, m'a-t-il dit. Il n'avait pas de tatouage, à ma connaissance du moins. Qui vous a enfermés chez moi ? Tout cela est ridicule. Je vais porter plainte !

— Et vous ferez bien, monsieur. La police doit avoir connaissance de ce qui s'est passé ici. A votre place, j'irais au commissariat sans tarder. »

Un peu éberlué, le propriétaire de la maison approuva du chef, bredouilla quelques phrases confuses et s'éloigna sans insister. Hannibal attendit qu'il eût disparu. Puis il entraîna ses compagnons vers la rue et les pressa de monter dans la camionnette.

« Vite, mes amis ! Peut-être aurons-nous la chance de pouvoir encore récupérer le dernier des chats qui clignent de l'œil ! Konrad, mets nos vélos à l'arrière et conduis-nous à toute allure au numéro 39 de la place Chelham ! vite ! »

Chapitre 13

Déception

La camionnette déboucha bientôt sur la place Chelham. Les garçons eurent beau regarder autour d'eux, ils ne virent nulle part trace de la voiture bleue.

«Je savais que nous arriverions trop tard! soupira Bob d'un air navré. Notre homme a déjà filé, emportant son butin sans doute!

— Nous sommes restés enfermés trop longtemps, murmura Peter avec dépit.

— On ne sait jamais! dit Hannibal. Quelque chose a pu le retarder lui-même. Regardez, le numéro 39 doit être de ce côté.»

La maison où habitait Billy Motha était une bâtisse blanche, à trois étages, entourée d'arbres, avec un jardin sans clôture, plein de fleurs. Bien qu'il fît sombre, on y voyait suffisamment quand même pour distinguer une voiture garée dans l'allée. Mais ce n'était pas celle du tatoué. Au moment où Konrad s'avançait pour la regarder de près, des lumières s'allumèrent à l'intérieur de la maison.

«Quelqu'un vient juste de rentrer!» déclara Hannibal.

Konrad arrêta son véhicule devant l'entrée. Soudain on entendit une femme crier :

«Au voleur! Au voleur! Arrêtez-le!»

Déjà le Bavarois et les garçons avaient sauté à terre.

«Ce doit être l'homme tatoué! s'écria Peter.

— Dépêchons-nous!» dit Hannibal.

Tous se précipitèrent. Konrad venait en tête. Il se retourna brusquement et fit signe à ses compagnons.

«Restez derrière moi. Je me charge du voleur!»

Cela ralentit à peine la course des jeunes détectives. La femme criait toujours au voleur. Tout à coup, Peter s'arrêta net et tendit le doigt en direction des arbres qui s'élevaient à droite de la maison.

«Regardez!»

Ses camarades aperçurent alors une ombre qui, avec l'adresse d'un singe. dégringolait vivement le long du mur. S'accrochant des pieds et des mains, l'homme finit par atteindre le sol. Durant une seconde, il se tint debout dans le rayon de lumière qui filtrait d'une fenêtre du rez-de-chaussée. C'était un individu au teint bronzé, avec un tatouage au bras. Il portait un chat en peluche noir avec un collier rouge.

«C'est lui! s'exclama Bob. Il a le chat!»

Ronny laissa éclater sa colère.

«Sale voleur! Tu es pris!»

L'homme l'entendit, tourna la tête, aperçut Konrad et les garçons... Pivotant sur ses talons, il se rua vers l'arrière de la maison et disparut parmi les arbres. Konrad poussa un véritable rugissement et s'élança à sa poursuite.

« Je vais l'attraper, ce bandit ! »

Mais le voleur était plus agile que le Bavarois et les jeunes détectives. Il gagna une rue voisine alors que ses poursuivants étaient encore sous le couvert. Peter, qui parvint le premier à la rue en question, vit leur gibier sauter dans la petite voiture bleue et disparaître définitivement.

Essoufflés, les autres le rejoignirent.

« On peut dire qu'il nous a filé entre les doigts de justesse ! s'écria Peter, écœuré par tant de malchance.

— Il a fini par s'emparer du dernier chat ! se lamenta Ronny.

— Nous avons tout de même relevé le numéro de sa voiture, rappela Bob à ses amis... Avec ça, la police lui mettra la main dessus !

— Malheureusement, soupira Hannibal, les recherches prendront du temps et d'ici là... Enfin, peut-être notre homme a-t-il laissé quelque indice dans la maison ! Allons voir ! »

Ils revinrent en courant jusqu'à la maison blanche.

Ils aperçurent alors sur le perron une très jolie jeune femme derrière laquelle se tenait un jeune garçon. Elle semblait effrayée et dévisagea les arrivants d'un air soupçonneux :

« Connaissez-vous ce voleur ? demanda-t-elle tout de go.

— Oui, madame, répondit Hannibal. Nous

avons suivi sa piste jusque chez vous mais nous sommes arrivés trop tard!

— Vous étiez sur la trace de ce voleur? s'écria-t-elle, surprise. Mais vous n'êtes que des enfants!»

Le chef des détectives fronça les sourcils. Il s'irritait toujours lorsqu'un adulte faisait une telle réflexion.

«Il est exact que nous ne sommes "que des enfants", répliqua-t-il un peu sèchement en appuyant sur les trois derniers mots, mais je puis vous assurer que nous avons l'habitude de résoudre des problèmes policiers... Vous êtes Mme Motha, je présume?

— Oui, en effet, admit-elle, fort étonnée. Mais comment pouvez-vous savoir mon nom?

— Nous savions que cet homme devait se rendre chez vous, expliqua Hannibal. Par malheur, il a réussi à nous retarder. Nous pensions même ne plus le trouver ici... Vous venez juste de rentrer, n'est-ce pas?

— Oui, dit encore Mme Motha. J'étais sortie avec Billy. Nous sommes là depuis quelques minutes à peine. Sitôt arrivé, Billy est monté à sa chambre. Presque tout de suite, je l'ai entendu appeler au secours!»

Billy, qui devait avoir environ dix ans, expliqua à son tour :

«L'homme se trouvait au troisième. Dès qu'il m'a vu, il m'a sauté dessus et il m'a volé mon chat... Je l'avais emporté avec moi, vous comprenez!

— C'est donc cela! s'écria Hannibal. Le chat

n'était pas ici, ce qui a obligé le voleur à attendre.

— Dès qu'il a eu le chat de Billy, enchaîna Mme Motha, il s'est mis à descendre l'escalier. Puis il m'a aperçue et il est remonté à toute vitesse au troisième. C'est alors que j'ai crié au voleur!»

Peter hocha la tête :

«L'homme est passé par la fenêtre et a descendu le mur... comme une araignée humaine.

— Gario... l'homme-araignée! murmura Bob.

— Billy! demanda Hannibal. Est-ce que ton chat avait quelque chose de particulier... sur lui ou à l'intérieur?

— Non, je ne crois pas. En tout cas, je n'ai rien remarqué», dit Billy.

Les trois garçons se regardèrent, découragés. L'homme au tatouage avait ce qu'il était venu chercher. Même si on le retrouvait grâce au numéro de sa voiture, ce serait sans doute trop tard...

Konrad, qui s'était tenu à l'écart jusque-là, sortit brusquement de l'ombre et s'avança.

«Il faut faire appel à la police, Hannibal! déclara-t-il. Nous n'avons déjà que trop attendu.

— Mais, Konrad..., protesta Hannibal.

— Il faut alerter la police tout de suite, insista le grand Bavarois. Ton oncle Titus serait d'accord, je pense. Cette dame a été victime d'un vol. Quelqu'un s'est introduit chez elle. L'homme est dangereux. Nous l'avons suivi jusqu'à cette maison mais nous l'avons perdu. Désormais, c'est aux autorités de prendre l'affaire en main.

— Konrad a raison, approuva Bob. Nous ne pouvons plus espérer rattraper le voleur!

— Il faut mettre le chef de la police au courant. Téléphonons à Reynolds, Babal!» renchérit Peter.

Hannibal haussa les épaules en un geste d'impuissance.

« Vous avez sans doute raison, dit-il. Pouvons-nous nous servir de votre téléphone, madame?

— Bien sûr... »

Hannibal appela donc le chef de la police. Celui-ci répondit aussitôt. Il prenait les trois détectives très au sérieux... La conversation ne dura pas longtemps.

« Il vient tout de suite!» annonça Hannibal en s'apprêtant à raccrocher... Soudain, il regarda le combiné qu'il tenait encore. Une idée lui vint : « Ronny! s'écria-t-il. Appelle ton père, veux-tu! Demande-lui si personne ne manque parmi les forains!

— Voyons, mon vieux! Puisque je te répète que le tatoué n'est pas l'un d'entre nous!

— Je suis sûr qu'il était camouflé! Voilà pourquoi tu ne l'as pas reconnu! Demande vite à ton père si son personnel est au complet en ce moment!

— Bon!... puisque tu y tiens! Mais papa est toujours très occupé avant l'heure d'ouverture et je ne vois guère comment il pourra contrôler...

— Essaie toujours!»

Ronny composa le numéro de son père. La

sonnerie résonna dans le vide... Ronny appela alors une autre baraque. Il était encore au téléphone quand on entendit arriver des voitures de la police. Konrad parut soulagé. Reynolds, le chef de la police, entra, suivi de deux de ses hommes. Hannibal fit rapidement son rapport.

« Bon travail, détectives ! déclara le chef. Avec le signalement de l'homme et le numéro de sa voiture, nous le retrouverons. Avez-vous une idée de ce qui le pousse à vouloir ces chats ?

— Non, monsieur, avoua Bob.

— En tout cas, ajouta Peter, le motif qui le fait agir doit être puissant car il se remue, ça, on peut le dire ! Hannibal pense qu'il doit y avoir un objet de valeur dissimulé à l'intérieur d'un des chats !

— Je vais immédiatement faire diffuser le signalement du voleur. J'espère que nous mettrons rapidement la main dessus. »

Les policiers sortirent. Ronny essayait toujours d'avoir son père au bout du fil. Hannibal, ennuyé d'avoir dû faire appel au chef de la police, le regardait d'un air impatienté.

« Notre voleur a eu largement le temps de regagner la foire, déclara-t-il d'une voix morne. A moins, bien entendu. qu'il n'ait pris définitivement la fuite. Enfin ! Tente encore de joindre ton père, Ronny ! »

Tandis que le jeune Carson composait un autre numéro, le chef de la police revint, la mine grave.

« Jeunes gens ! annonça-t-il. Je crois que vous avez mis le doigt sur quelque chose d'important. Votre voleur de chats, si j'en crois un rapport radio que je viens de recevoir, ne ferait qu'un avec l'auteur d'un hold-up qui lui a rapporté cent mille dollars. Cet homme a dévalisé une banque pas plus tard que la semaine dernière.

— A San Mateo!» lança vivement Hannibal.

Le chef de la police dévisagea le jeune garçon d'un air stupéfait :

«Quoi! s'écria-t-il. Comment pouvez-vous le savoir?

— L'incendie de la foire, monsieur! s'écria Hannibal. Cela s'est passé à San Mateo. Je suis convaincu que le voleur de chats est un membre de la foire Carson. Il a dû mettre le feu pour faire diversion et avoir les coudées franches.

— Vous ne pouvez pas en fournir la preuve, Hannibal! fit remarquer Reynolds.

— Mais la coïncidence est pour le moins surprenante, ne trouvez-vous pas? insista le chef des détectives. Si vous allez à la foire, peut-être...»

Un cri de Ronny lui coupa la parole.

«Ça y est! J'ai mon père en ligne!»

Tout le monde se tut, tandis que Ronny expliquait à M. Carson ce qu'on attendait de lui... Pendant que le directeur de la foire procédait au contrôle de son personnel, le silence continua à régner, seulement interrompu par la sortie du chef de la police, appelé à sa voiture par un de ses hommes... Un moment plus tard, Ronny recevait la réponse de son père et raccrochait d'un air déçu.

«Personne ne manque là-bas... que moi-même! expliqua-t-il à ses camarades. Et il faut que je rentre en vitesse. La foire est ouverte depuis un moment déjà. Je n'ai même plus le temps de dîner!»

A ces mots, Bob, Peter et même Hannibal bondirent.

«Nom d'un pétard! gémit Peter. Nous voilà frais! Nous allons avoir des ennuis avec nos parents... L'heure du repas est passée... et elle est sacro-sainte pour eux!»

Hannibal le savait bien! Tante Mathilda ne manquerait pas de le gronder sévèrement. Toutefois, il répugnait à s'en aller avant le retour du chef de la police. Peut-être celui-ci aurait-il du nouveau à leur communiquer... Les trois détectives patientèrent donc encore un peu. Enfin Reynolds reparut. Il était grave :

«Inutile d'aller à la foire, mes amis! dit-il. La voiture bleue vient d'être retrouvée, abandonnée, au beau milieu d'une rue voisine. Le chat était à l'intérieur... éventré... et vide! Il y a fort à parier que le voleur a obtenu ce qu'il désirait. Nous le recherchons à travers tout le pays. La voiture bleue était un véhicule volé. L'homme n'a eu qu'à en dérober un autre pour partir loin d'ici... A mon avis, il doit être déjà à des kilomètres de Rocky. Vous feriez bien de rentrer chez vous. Je vous tiendrai au courant, vous l'avez bien mérité. Nous attraperons votre tatoué, n'en doutez pas! Mais cela peut demander un certain temps, hélas!»

Les garçons acquiescèrent, la mort dans l'âme. Ils se hâtèrent d'aller rejoindre Konrad, déjà au volant de la camionnette.

Bob, Peter et Ronny se souciaient maintenant bien plus de leur retard que du chat volé.

Mais pas Hannibal! Non! Hannibal pensait à quelque chose de très intéressant... quelque chose, qui, soudain, faisait briller ses yeux...

Chapitre 14

Hannibal fait marcher son cerveau

Bob et Peter furent punis pour être rentrés chez eux en retard. Ils passèrent la journée du lendemain à exécuter diverses corvées imposées par leurs parents. A plusieurs reprises, ils tentèrent d'appeler Hannibal au téléphone, mais toujours en vain : le chef des détectives n'était pas chez lui!

Dans la soirée, M. Andy, le père de Bob, se tourna vers son fils en souriant :

« Il paraît qu'hier soir tes amis et toi vous avez failli faire arrêter un voleur de banque?

— C'est exact, mais nous ne savions pas alors qu'il s'agissait de l'auteur d'un hold-up. Nous cherchions à attraper cet homme pour rendre service à un jeune forain.

— Félicitations! Il est louable d'aider les gens

et je sais que vous êtes prudents. Le chef de la police prétend que vous ne faites jamais rien de stupide ni de trop risqué. Pourtant, je me fais du souci pour vous quelquefois. Veille à ne pas commettre d'imprudences, fiston! En attendant, il est bien regrettable que ce misérable vous ait échappé. Je me demande si on le rattrapera rapidement.»

Bob se le demandait aussi. Ce fut assez tristement que, dans la soirée, il se rendit à bicyclette au *Paradis de la Brocante.* Il trouva Hannibal penché sur un tas de journaux, les épluchant et prenant des notes.

«Que fais-tu, chef?» demanda Bob.

Seul un grognement lui répondit. Hannibal ne voulait pas être dérangé! Un peu vexé et ne sachant comment employer son temps, Bob se mit à rôder dans le Q.G.-caravane, puis regarda dehors par l'intermédiaire du Voit-Tout. Au bout d'un moment, il aperçut Peter qui arrivait. Deux minutes encore et Peter surgit par la trappe levée. En voyant Hannibal absorbé, il demanda à Bob :

«Que diable fabrique-t-il?

— Je n'en sais rien, mais je suppose que les rouages de son puissant cerveau tournent à plein rendement.

— A quoi lui servent ces journaux? Compte-t-il mettre une annonce pour retrouver l'homme tatoué?»

A cet instant précis, Hannibal se leva, les yeux brillants.

«Ce ne sera pas nécessaire, Peter! Je pense savoir où se terre notre homme!

— Pas possible! s'écria Bob. Et où donc?

— Là où il n'a cessé d'être tout le temps... à la foire Carson!»

Peter poussa un gémissement.

«Voyons, Hannibal! Tu es au courant des dernières nouvelles, je suppose?... L'homme tatoué a été signalé dans six endroits différents depuis hier!

— Sept même! précisa Hannibal en souriant.

— Voilà qui prouve bien qu'il n'est pas à la foire!» souligna Bob.

Hannibal redevint grave :

«Au contraire, Archives! Je viens de passer en revue les articles de journaux le concernant. Sept personnes ont vu notre voleur en sept endroits différents... distants au moins de trois cents kilomètres les uns des autres. Si vous voulez mon avis, tous ces gens-là se sont imaginé le voir, et rien de plus!

— Tu as peut-être raison, admit Bob. Mais pourquoi es-tu tellement sûr qu'il se trouve ici même, à Rocky... à la foire?

— Je vais vous l'expliquer. Sachez d'abord que j'ai également lu les articles relatifs au cambriolage de la banque : deux ont paru dans la gazette de San Mateo, et l'autre dans un quotidien de Los Angeles. De plus, je me suis rendu à San Mateo aujourd'hui même, pendant que vous étiez retenus chez vous.

— A propos, Babal, demanda Peter. Pourquoi n'as-tu pas été puni, toi aussi, comme nous?

— Je l'ai été... mais il s'est trouvé que je connaissais quelqu'un ayant un lot de vieilleries à vendre à San Mateo. L'oncle Titus m'a donc envoyé sur place avec Hans et Konrad.

— Qu'as-tu appris là-bas? s'enquit Bob avec intérêt. Dis vite!

— Eh bien! le hold-up a eu lieu le soir où un incendie s'est déclaré à la foire Carson... C'était un vendredi. Ce jour-là, la banque de San Mateo reste ouverte jusqu'à six heures du soir, afin de recevoir les dépôts de week-end. La foire, elle, ouvre en revanche plus tôt que de coutume. Par ailleurs, le vendredi en question était le dernier jour de la foire à San Mateo. Les forains devaient quitter la ville tard dans la nuit et se rendre directement ici, à Rocky, pour commencer leurs représentations dans la soirée du samedi.

— Ma foi, dit Peter en réfléchissant, cela pouvait arranger un membre de la foire désireux de faire son mauvais coup et de filer au plus vite.

— Tout juste, mon vieux! J'ai appris aussi que le cambrioleur de la banque était tout de noir vêtu, avec cagoule et espadrilles noires assorties.

— Le costume de Gario! s'exclama Bob.

— A un détail près cependant : les bras du voleur étaient nus... les témoins sont unanimes sur ce point. L'homme avait retroussé ses manches.

— Et tout le monde a remarqué qu'il était tatoué! dit Bob.

— Eh oui! Archives. Le voleur s'est présenté à la banque cinq minutes avant la fermeture. Il a opéré seul, avec une audace inouïe. Prenant un employé comme otage, il a raflé tout l'argent en caisse. Après quoi il a traîné l'employé à sa suite jusque dehors. Là, il l'a assommé puis il a filé dans une ruelle voisine. L'alarme a été donnée dès qu'il a franchi le seuil de la banque. La police est arrivée très vite.

— Mais entre-temps il avait disparu, n'est-ce pas, Babal? demanda Peter.

— Oui, et personne n'a pu expliquer comment. Les policiers l'ont poursuivi dans la ruelle et, logiquement, ils auraient dû le coincer. Cette ruelle, en effet, se termine en impasse. Or, le voleur n'est pas revenu sur ses pas, les témoins l'affirment. Par ailleurs, seuls des murs aveugles bordent la ruelle. On ne s'explique donc pas comment le cambrioleur a réussi à s'échapper de la nasse!

— La situation ressemble à celle de l'autre soir... quand nous avons couru après le voleur du chat moustachu! fit remarquer Bob.

— L'homme a escaladé un mur apparemment impraticable! commenta Peter... L'araignée humaine!

— C'est en effet la conclusion à laquelle je suis arrivé, déclara Hannibal. Bien entendu, la police de San Mateo s'est démenée pour retrouver le voleur. Elle n'y est pas parvenue mais elle a pu recueillir un précieux témoignage... Un agent qui surveillait les abords de la foire, juste avant son ouverture, a dû intervenir pour canaliser la foule qui attendait. Dans la bousculade, un homme a perdu l'équilibre. En tombant, l'imperméable noir qu'il portait s'est ouvert.

L'agent a aperçu un collant noir. Et quand l'homme s'est remis debout, la manche de son imperméable s'est légèrement retroussée : l'agent a eu le temps d'entrevoir un tatouage de voilier.

— Ça, c'est un vrai coup de chance! s'écria Peter.

— Oui, reconnut Hannibal. Souvent le hasard intervient pour confondre les malfaiteurs. Cet agent, qui venait d'apprendre le hold-up de la banque, a immédiatement reconnu le suspect qui, déjà, se fondait dans la foule. Il a demandé du renfort... Les policiers s'apprêtaient à passer la foule au crible quand, brusquement...

— ... l'incendie a éclaté! continua Bob qui avait déjà compris.

— Eh oui! s'écria Hannibal. Le danger menaçait. Les forces de la police ont dû aider les pompiers accourus en hâte. Une fois le feu éteint, les policiers ont, bien entendu, repris leurs recherches mais, trop tard! L'homme et son butin avaient disparu, définitivement cette fois. Mais je suis certain, moi, que le voleur était là, tout près...

— Pourquoi en es-tu certain? demanda Bob.

— Eh bien! le voleur s'était échappé. Il était en sûreté. Son seul problème était de quitter San Mateo sans être vu. Il ne serait pas allé parader devant la foire au risque d'être aperçu... à moins qu'il ne fût, précisément, un forain lui-même. Il ne lui restait alors qu'à reprendre place parmi ses camarades pour quitter San Mateo avec eux au cours de la nuit, sans éveiller les soupçons de personne. Au fond, son plan était simple : cambrioler la banque, fuir par l'impasse, se glisser discrètement dans la foire et ôter son déguisement.

— Seul le hasard a permis qu'un agent le repère, fit remarquer Bob. Dès lors, il s'agissait de gagner du temps pour opérer sa métamorphose. Il a donc provoqué l'incendie et, tandis que tout le monde s'affairait à l'éteindre, lui-même se changeait... Cet homme est très habile. Il a su également créer une diversion un peu plus tard, en lâchant Rajah.

— Tu es tout à fait certain, Babal, dit Peter, que notre homme portait un déguisement au moment du hold-up... et qu'il était également camouflé quand nous l'avons vu?

— C'est l'évidence même! affirma Hannibal. A la banque et hier, il avait un épais fond de teint qui lui fonçait le visage. Qui sait même... Il portait peut-être un masque en caoutchouc et une perruque. Et aussi, comme je le soupçonne depuis longtemps, son tatouage n'est que de la frime.

— Tu dois avoir raison! soupira Peter. Ce tatouage un peu trop apparent a fixé l'attention de tout le monde!

— C'est vrai! dit Bob. On regardait le tatouage et l'on oubliait de regarder l'homme lui-même.

— Bien entendu, ajouta Peter, il se serait bien gardé d'exhiber un véritable tatouage qu'il n'aurait pu ôter ensuite et qui l'aurait inévitablement trahi tôt ou tard.

— A mon avis, dit Hannibal, cet homme est

Gario. Seul un artiste aussi habile pouvait duper M. Carson.

— Mais il n'y a pas d'homme araignée à la foire ! fit remarquer Peter.

— Sans doute. Aussi doit-il présenter un autre numéro que celui-là.

— C'est d'autant plus plausible que, d'après Ronny, son père serait incapable de reconnaître Gario aujourd'hui.

— Oui. Gario a fait de la prison. Il a dû changer. Et les années ont passé. Autrefois, il ne quittait guère son collant noir et sa cagoule sinon dans sa propre caravane. M. Carson ne l'a donc pas vu souvent. Il doit en être de même actuellement. Il ne doit pas se mêler aux autres en habits civils mais toujours sous son costume de foire...

— Mais les chats qui clignaient de l'œil, Babal ? demanda Peter. Pourquoi leur court-il après ? Est-ce que l'argent est dans l'un d'eux ?

— Non, mon vieux. Tu te rends compte ! Cacher ainsi cent mille dollars !... Non ! je crois plutôt que l'un des chats contient un message indiquant où se trouve le butin. Ou quelque chose qui permette de le récupérer... Une petite carte, un plan, une clé ou même un bulletin de consigne.

— Quelque chose qu'il aurait caché dans un chat au cours de l'incendie de San Mateo... par crainte d'être fouillé ? demanda Bob.

— C'est en effet ce que je pense, déclara Hannibal.

— Mais dans ce cas, Babal... maintenant qu'il a ce qu'il voulait, pourquoi ne va-t-il pas récupérer son butin ? Ne se montre-t-il pas imprudent en restant sur place ?

— A mon avis, il se sent parfaitement en sûreté à la foire... et il le sera tant que la police ne soupçonnera pas l'auteur du hold-up d'être un forain et qu'on ignorera à quoi il ressemble en réalité. Il ne se doute pas que nous avons deviné sa cachette. Il suppose que la police le recherche aux quatre coins de cet Etat. Il doit se dire que, s'il désertait brusquement la foire en ce moment, cela ne ferait qu'attirer l'attention sur lui. Il a tout intérêt à rester discrètement là où il est... du moins tant que la foire ne quittera pas Rocky !

— Si ton hypothèse est juste, dit Peter, alors, les autres forains n'ont plus rien à craindre de lui ! Il n'y aura plus d'accident dans l'entourage des Carson !

— C'est probable en effet, estima Hannibal... Allons, Détectives ! Il est temps de nous secouer ! La foire ouvre ses portes dans quelques minutes. C'est le moment d'attraper notre voleur ! Emportons nos localisateurs... on ne sait jamais... nous pouvons en avoir besoin... Dépêchons-nous ! »

Les trois amis se glissèrent à tour de rôle dans le tunnel numéro deux et allèrent grossir la foule qui piétinait devant l'entrée de la foire.

Les lumières des attractions dissipaient la pénombre crépusculaire. Soudain, des cris s'élevèrent d'entre les baraques, au-delà des barrières délimitant le champ de foire.

Les gens se mirent à courir pour voir ce qui se passait.

« Il est arrivé quelque chose! s'écria Peter.

— On dirait un accident! » s'exclama Bob de son côté.

Malgré lui, Hannibal s'entendit protester :

« Non! Ce ne peut pas être un nouvel accident! Je sais que j'ai raison... Je suis sûr d'avoir raison! »

Chapitre 15

Le voleur frappe encore!

Les trois jeunes détectives, jouant des coudes, parvinrent à se frayer un chemin à travers la foule. Ils aperçurent alors le manège de chevaux de bois, renversé à terre. M. Carson criait à pleine voix des ordres à une armée d'aides.

Ronny était là lui aussi, en train de contempler le manège accidenté d'un air anéanti.

« Que s'est-il passé, Ronny ? demanda Peter.

— Nous l'ignorons ! répondit le jeune Carson. Le manège faisait un tour d'honneur, prêt à prendre des clients, quand le moteur s'est mis à chauffer, à fumer... Là-dessus quelque chose a dû céder sous le plateau, car il a brusquement basculé. Trois chevaux ont été abîmés, vous voyez ? »

Des forains, transformés en manœuvres, s'activaient à redresser le manège avec des leviers. D'autres déclouaient les chevaux endommagés pour les enlever du plateau circulaire. Le père de Ronny essayait pour sa part de réparer le moteur. Khan s'approcha de lui.

«Combien d'accidents allons-nous avoir encore? demanda-t-il tandis que plusieurs de ses camarades se rapprochaient, l'air courroucé.

— Votre matériel n'est pas en bon état, déclara Dimitri à son tour. Cela crée un malaise parmi nous.

— Il n'y a rien à reprocher à mon matériel, protesta M. Carson. Vous le savez bien.

— Les manèges ne se détraquent pas tout seuls aussi aisément, fit remarquer le grand clown triste. Une malédiction est dans l'air. Il faut fermer la foire.

— L'évasion de Rajah était peut-être bien le troisième accident, renchérit le mangeur de feu, mais j'ai l'impression que la série noire n'est pas terminée.»

A ces mots défaitistes. un murmure courut parmi les forains. Un des funambules s'avança :

«C'est vrai, monsieur Carson. Il faut fermer la foire!

— Comment allons-nous continuer? enchaîna Khan. Vous ne pourrez pas nous payer, avec tous ces ennuis, et ce manège qui ne tourne pas!»

M. Carson regarda d'un air malheureux le groupe des forains. Soudain, les jeunes qui l'aidaient à réparer le moteur lui glissèrent quelques mots à l'oreille. M. Carson fit alors face aux mécontents et sourit.

«Le manège pourra fonctionner à nouveau

dans une demi-heure! annonça-t-il. Et maintenant, retournez à vos occupations!

— Nous n'avons pas fini d'avoir des ennuis!» prophétisa le grand clown d'un air lugubre.

Mais les autres forains, constatant que le dommage n'était pas grand, se reprenaient à sourire à leur tour. Tous regagnèrent qui leur baraque, qui leur attraction. Khan, toutefois, ne se laissait pas persuader aussi facilement.

«Votre foire est dangereuse! lança-t-il à M. Carson. Je vous aurai prévenu! Vous devriez fermer!»

Sur quoi il s'éloigna à grands pas. M. Carson reprit son air soucieux. Son avenir et celui de son fils dépendaient de la bonne marche de ses affaires.

«Ils vont se remettre au travail, n'est-ce pas, père? demanda Ronny.

— Bien sûr, fiston! Les gens du voyage sont en général d'un naturel joyeux. Ils oublient vite leurs soucis. Espérons qu'il n'y aura plus de nouveaux accidents.

— Le manège peut tourner?

— Oui, Ronny. Ce qui m'inquiète... autant l'avouer... c'est que nous avons été victimes d'un sabotage. Quelqu'un a fait sauter une pièce d'assemblage... et le plateau a capoté. L'échauffement du moteur, également, a été provoqué.

— Un sabotage!» répéta Bob.

M. Carson regarda les détectives.

«Je vous dois des excuses, jeunes gens! Vous aviez raison : il semble que quelqu'un cherche à me ruiner!

— Ce n'est pas certain, monsieur! s'écria Hannibal. Je crois qu'un voleur de banque est à l'origine de vos ennuis.

— Un voleur de banque! répéta M. Carson, éberlué.

— Oui! L'auteur du hold-up de San Mateo. Et je pense aussi qu'il fait partie de vos forains.

— C'est ridicule, voyons! La police a enquêté chez nous sans rien trouver!

— A cause de l'incendie, monsieur! Il l'a allumé pour créer une diversion et avoir le temps de quitter son déguisement... et aussi de cacher quelque chose de précieux à l'intérieur d'un chat en peluche! C'est la raison pour laquelle notre homme courait après les chats biscornus.

— Vous vous trompez, Hannibal! Ici, personne ne répond au signalement du voleur de banque. Et personne ne porte de tatouage!

— Hannibal prétend que ce tatouage n'est pas un vrai, monsieur! s'écria Peter. Il fait partie du camouflage.

— Ma foi... c'est possible après tout! Mais qui donc...?

— Je pense l'avoir identifié, monsieur, coupa Hannibal. La manière extraordinaire dont il nous a échappé, certains vêtements que nous avons trouvés me font penser que le voleur n'est autre que Gario, l'acrobate!

— Gario! s'écria M. Carson, stupéfait.

— Oui, monsieur. Ronny nous a dit que vous ne le reconnaîtriez pas forcément au premier coup d'œil et...

— Ecoutez, jeunes gens! Vos déductions

semblent logiques mais quand la police m'a expliqué comment le voleur de banque s'était volatilisé dans une impasse, j'ai tout de suite pensé à Gario, à ses antécédents, à son talent d'acrobate. Je me suis dit aussi qu'il pouvait se cacher parmi les forains et j'ai alors passé en revue ceux-ci, sans qu'ils s'en doutent. Je les ai examinés l'un après l'autre... sans leur costume de foire... Eh bien, je peux vous l'affirmer, aucun ne ressemble à Gario. La plupart sont beaucoup plus âgés que lui, d'ailleurs... Non, croyez-moi, Gario n'est pas parmi nous. Et la personne coupable de sabotage cherche uniquement à me ruiner... Il s'agit peut-être de quelqu'un payé par la grand-mère de Ronny, acheva M. Carson d'un air malheureux. Je suis cependant d'accord avec vous sur un point : l'homme qui court après les chats doit être également le voleur, mais il n'a rien à voir avec la foire et nous ne le reverrons pas, j'en suis convaincu. D'après ce que j'ai appris, il a obtenu ce qu'il cherchait... Alors, pour quelle raison aurait-il saboté mon manège ?»

Peter et Bob échangèrent des regards navrés.

«Cependant, enchaîna M. Carson, je fais appel à vous, mes amis, pour ouvrir l'œil et trouver mon saboteur. Je dois retourner à mon travail mais vous êtes libres de circuler à votre guise à travers la foire. Soyez prudents surtout.»

Après avoir souri aux quatre garçons, M. Carson se pencha de nouveau sur le moteur du manège. Hannibal, silencieux depuis un bon moment déjà, déclara soudain :

«J'étais cependant certain d'avoir raison, vous savez!

— Moi, je suis de l'avis de M. Carson, dit Peter. Le voleur n'aurait aucune raison de saboter le manège.

— Notre homme doit être loin d'ici à l'heure qu'il est! ajouta Ronny.

— Peut-être! répondit Hannibal. Mais supposez que non! Supposez qu'il soit toujours là! Il peut très bien avoir saboté le manège pour obliger la foire à fermer. Dans ce cas, il aurait pu facilement s'éclipser sans éveiller l'attention.

— Evidemment... c'est possible! admit Bob sans entrain.

— Il peut aussi avoir un autre motif, continua Hannibal. Supposez par exemple qu'il n'ait pas encore trouvé ce qu'il cherche à l'intérieur des chats?... Es-tu bien certain de n'avoir eu que cinq chats, Ronny?

— Tout à fait sûr, Hannibal. J'en avais cinq lorsque nous sommes arrivés ici.

— Je me demande, dit lentement Hannibal, si ce qu'il cherche ne serait pas tombé de l'un des chats... et ne se trouverait pas encore dans ta remorque-réserve, Ronny?... Au fait. ta remorque, elle est toujours à côté de ton stand de tir, n'est-ce pas?

— Bien sûr! Je veux toujours pouvoir la surveiller!

— Mais tu ne la surveilles pas en ce moment, n'est-ce pas? s'écria Hannibal. Tu t'en es éloigné pour venir voir le manège endommagé.

— Tu veux dire que le voleur a de nouveau

cherché à distraire notre attention? demanda Peter, effaré.

— Et pourquoi pas? Le procédé a déjà donné de bons résultats, il me semble! Si quelqu'un voulait seulement ruiner la foire, le manège aurait subi des dégâts beaucoup plus grave. Vite, mes amis! Allons à la remorque de Ronny!»

Les quatre garçons se précipitèrent. Malheureusement, leur progression était ralentie par la foule de plus en plus dense. Ils arrivèrent enfin au stand de tir, le contournèrent et débouchèrent dans la zone d'ombre où se trouvait la réserve-remorque. Tout de suite, ils aperçurent les objets qui jonchaient l'herbe alentour : poupées, jouets et autres lots sans grande valeur!

«On a forcé la serrure de ma remorque! s'exclama Ronny.

— Regardez!» cria Bob.

Une ombre bougeait derrière la remorque...

L'ombre d'un homme qui s'enfuyait en courant dans la nuit. Il traversa à vive allure l'espace qui s'étendait derrière les baraques foraines, et, passant par une brèche de la palissade, disparut dans l'ancien parc d'attractions.

«Courons-lui après!» ordonna Hannibal sans hésiter.

Chapitre 16

Poursuite dans la nuit

L'un après l'autre, les garçons passèrent à leur tour par la brèche pour se retrouver dans le parc sombre et silencieux. La carcasse du Grand Huit prenait, au clair de lune, un aspect fantastique. Le vent qui soufflait de la mer la faisait craquer et gémir.

« C'est lugubre ! murmura Bob.

— Chut ! dit Hannibal. Ecoute !... »

Tapis dans l'ombre de la haute palissade, tous tendirent l'oreille. La joyeuse musique du manège, à présent réparé, semblait venir de très loin. Alentour, rien ne bougeait. Et l'on n'entendait que le faible bruit de l'eau canalisée sous le Tunnel des Amoureux et qui, agitée par le vent, clapotait contre les faux rochers de l'entrée.

« Notre homme n'a pu aller bien loin, dit enfin Hannibal à voix basse. Séparons-nous !

Nous allons faire tous quatre le tour du Grand Huit, Peter et moi en partant de ce côté, Bob et Ronny en marchant dans la direction opposée.

— Tu crois que c'est le voleur, n'est-ce pas, Babal? demanda Ronny.

— Quelle question! Bien entendu, voyons! Comme il n'a rien dû trouver à l'intérieur des chats, alors, il a fouillé ta remorque! Mais si cette fois-ci il a bien mis la main sur ce qu'il cherchait, alors, mes amis, soyez certains que l'homme est dangereux. Si vous le voyez, contentez-vous de le pister discrètement. N'essayez pas de l'attraper!»

Bob et Ronny gagnèrent le Tunnel des Amoureux et de l'Océan tandis que Peter et Hannibal se dirigeaient vers le Château Hanté en longeant le Grand Huit.

L'atmosphère avait quelque chose d'effrayant. La nuit et le clair de lune accusaient les reliefs des attractions abandonnées. Hannibal et Peter venaient de dépasser le Château Hanté lorsque, soudain, Peter s'arrêta.

«Chef! J'entends quelque chose...»

Le bruit venait de derrière eux. On aurait dit quelqu'un, chaussé de gros souliers, qui s'éloignait en courant.

«Des pas d'homme! estima Hannibal.

— Je le vois! souffla Peter. Il se dirige vers le Château Hanté.

— Peux-tu l'identifier?

— Non!... Et il vient de disparaître à l'intérieur du Château. Quelle guigne!

— Vite, Peter! Il peut y avoir une seconde issue! Suivons-le! »

En silence, ils se précipitèrent vers le trou d'ombre où s'était engouffré celui qu'ils poursuivaient. Une fois dedans, ils écoutèrent. Ils se trouvaient dans un couloir obscur qui se prolongeait devant eux et qu'éclairaient seulement, de loin en loin, des rayons de lune filtrant à travers d'étroites ouvertures.

« Il n'a pu qu'aller de l'avant ! » murmura Peter.

Comme pour lui donner raison, les deux détectives entendirent un grincement devant eux. Puis ils perçurent un coup sourd suivi d'un cri aigu. Quelque chose de lourd parut glisser et rebondir contre du bois. Un craquement, un autre coup sourd... puis le silence.

Soudain, Hannibal et Peter, secouant le malaise qui les oppressait, se mirent en marche le long du couloir obscur. Ils avançaient à pas prudents... Bientôt, leurs yeux, qui s'habituaient à la pénombre, distinguèrent vaguement le rectangle d'une porte close.

« Il faudra faire attention en l'ouvrant », commença Hannibal.

Le chef des détectives ne put terminer sa phrase. Subitement, avec un grincement, le sol se déroba sous les pas des garçons. Tous deux glissèrent sur le dos le long d'un invisible toboggan...

Incapables de freiner leur chute, les deux amis se sentirent filer. C'est en vain qu'ils cherchèrent à se retenir. Ils ne s'arrêtèrent qu'au bas de la pente.

« Ouf ! » s'écrièrent-ils alors en chœur.

Tant bien que mal, ils se mirent debout. Le

plancher, qui avait cédé si fâcheusement sous leurs pas, tenait lieu à présent de plafond. L'espèce de puits au fond duquel ils se trouvaient était sombre et sinistre.

« Nous sommes passés sur une trappe qui doit basculer sous le poids de quiconque marche dessus, expliqua Peter.

— Oui ! Pour se remettre en place aussitôt après, dit Hannibal. Les petites émotions que le Château Hanté réservait à ses clients sont toujours à l'ordre du jour, à ce que je constate. Notre voleur a certainement été victime de la trappe avant nous. C'est lui que nous avons entendu crier. Mais où diable est-il passé ?

— Je ne vois qu'une issue. Regarde... »

Peter venait d'apercevoir, juste en face de lui, une ouverture étroite et ronde, semblable à l'entrée d'une grosse canalisation. C'était, effectivement, la seule issue visible.

« Avançons avec prudence, conseilla Hannibal. Il s'agit peut-être d'un autre piège ! »

Les deux garçons rampèrent dans l'étroit tunnel. Celui-ci était court. Les détectives débouchèrent dans une pièce curieuse : de la lumière filtrait à travers des fentes dans le plafond. Mais ce plafond, au-dessus d'eux, était un plancher ! Peter s'entendit prononcer d'une voix chevrotante :

« Haaannniiibbbaaalll ! »

Tout semblait à l'envers dans cette pièce inondée de clarté lunaire. Le plancher, avec ses chaises, ses tables et son tapis se trouvait au-dessus de la tête des garçons. Des tableaux se balançaient, accrochés le haut en bas, sous leurs yeux stupéfaits.

Hannibal fut le premier à se reprendre.

« Ce n'est qu'une illusion d'optique, mon vieux ! Quand le Château Hanté était ouvert au public, l'effet devait être encore renforcé par des éclairages spéciaux.

— Tu es certain que nous ne sommes pas nous-mêmes la tête en bas ? demanda Peter qui commençait à douter de ses sens.

— Tout à fait certain !... Tiens ! Il y a un autre tunnel circulaire là-bas. Viens donc ! »

Ce second tunnel était plus large que le premier. On pouvait y marcher courbé. Mais, tandis que les deux amis avançaient, il se mit à bouger et à se balancer. Hannibal et Peter comprirent qu'autrefois cette espèce de cylindre tournait complètement sur lui-même, faisant perdre l'équilibre aux visiteurs du Château Hanté. Les garçons eurent malgré tout quelque difficulté à en atteindre l'extrémité. Ils en sortirent enfin, titubant sur leurs jambes.

« Tu entends ? » dit brusquement Hannibal.

Quelque part devant eux venait de se produire un faible bruit : on eût dit quelqu'un marchant à pas de loup.

« Là ! » fit Peter. Puis il ouvrit une bouche immense et laissa échapper un « Oh ! » de surprise.

Les deux garçons se trouvaient à présent dans une pièce plus large et plus longue que la précédente. A travers le plafond, crevé en de nombreux endroits, passaient des rayons de lune qui créaient çà et là des ombres mouvantes. Mais ce n'était pas ces ombres qui avaient provoqué l'exclamation de Peter.

Hannibal regarda à son tour et se sentit glacé de peur. Une forme étrange bougeait sur le mur, devant Peter. C'était une apparition monstrueuse qui regardait les deux garçons. Elle était grande, horriblement mince, avec une tête énorrne et des bras aussi longs que des tentacules. Elle ressemblait à un serpent humain.

« Que... que... qu'est-ce que c'est ? bégaya Peter en se rapprochant de son camarade.

— Je n'en sais rien... Je crois... »

Hannibal s'interrompit brusquement et se mit à rire.

« C'est un miroir, Peter ! Une glace déformante. Ce monstre... c'est toi-même ! Regarde ! Je fais un pas en avant et voilà deux affreuses apparitions.

— Nous sommes dans la galerie des glaces déformantes, d'accord ! dit Peter en se ressaisissant. Mais les bruits de pas, tout à l'heure... Tiens, je les entends encore...

— Pas moi...

— Ooohhh ! Et ça... c'est un miroir ? » exhala Peter dans un gémissement.

Non loin des deux garçons, à l'écart des glaces déformantes, une forme humaine était accroupie dans la pénombre. Ramassée sur elle-même, on eût dit qu'elle écoutait ou guettait. On distinguait nettement ses larges épaules, son torse nu, sa chevelure en broussaille et sa barbe noire.

« Khan ! » s'exclama Peter plus haut qu'il ne l'aurait voulu.

L'hercule dressa immédiatement l'oreille.

« Sortez de là ! cria-t-il. Je vous vois ! Gare à vous ! »

Hannibal saisit Peter par le bras :

« Là où nous sommes, il ne peut pas nous distinguer. »

Khan rugit :

« Je vous vois ! Je vais vous attraper !

— Par là ! chuchota Peter affolé. Une porte... »

Les deux garçon franchirent la porte que Peter venait de découvrir entre deux miroirs déformants. Ils se retrouvèrent dans un étroit couloir à ciel ouvert. Un peu plus loin, ce couloir se divisait en deux branches. Derrière eux, les garçons entendirent Khan rugir et ouvrir la porte qu'il venait de découvrir à son tour.

« A gauche, Babal ! C'est la sortie ! »

Et Peter s'élança dans le couloir de gauche, suivi par le détective en chef. A quelque distance derrière eux, Khan fonçait, heurtant les murs au passage... Enfin les fugitifs atteignirent une porte, l'ouvrirent et... se retrouvèrent dans la galerie aux miroirs !

« C'était un labyrinthe ! murmura Hannibal, horrifié. Encore un attrape-nigaud de cet affreux Château Hanté. Nous avons tourné en rond.

— Khan va arriver d'une seconde à l'autre ! gémit Peter.

— Il y a forcément une sortie ! assura Hannibal. Reprenons le couloir du labyrinthe, mais en tournant à droite cette fois, vite ! »

Les deux garçons franchirent à nouveau la

porte ouvrant sur le couloir à l'air libre. A l'embranchement, ils tournèrent à droite, courant aussi vite qu'ils le pouvaient. Au début, ils entendirent Khan qui les poursuivait. Puis le bruit de ses pas se fit plus faible. Les détectives atteignirent une porte, l'ouvrirent en coup de vent et débouchèrent cette fois en plein air, juste entre le Château Hanté et le Tunnel des Amoureux.

« Sauvés ! murmura Peter sur un ton d'intense soulagement.

— Oui, nous l'avons échappé belle... Maintenant, il ne nous reste plus qu'à aller trouver M. Carson et lui dire que Khan... »

Un bruit effroyable l'interrompit. Un bruit de bois volant en éclats ! Les deux garçons, effrayés, se retournèrent... et aperçurent la silhouette massive de Khan. L'hercule venait de crever d'un coup d'épaule le mur du Château Hanté. Ses yeux jetaient des éclairs.

Chapitre 17

Perdus en mer!

Hannibal et Peter, immobiles, retenaient leur souffle, les yeux rivés sur Khan qui se tenait devant le panneau qu'il venait de défoncer.

« Il ne nous a pas encore vus! chuchota Hannibal.

— Mais cela ne va pas tarder! répondit Peter. Impossible de filer par la brèche. Elle est trop loin. Il nous apercevrait. Et si nous restons sur place, il finira par nous repérer.

— Le Tunnel des Amoureux! souffla Hannibal. C'est notre seule chance. Vite! Rampons jusque-là. »

L'ombre formidable du Grand Huit leur permit d'atteindre le Tunnel sans encombre. L'eau brillait comme du goudron dans le canal qui s'engouffrait dans le tunnel. Les deux garçons se faufilèrent à l'intérieur sans être vus de Khan.

« Ouf! dit Peter. Nous l'avons enfin semé!

— Momentanément du moins! rectifia Hannibal. Il ne va pas tarder à se mettre à notre recherche. Il sait que nous ne devons pas être loin. Il sait aussi que nous l'avons vu. Il faut à tout prix que nous sortions du tunnel par une autre issue.»

Ils se mirent à avancer avec précaution le long du canal. Au bout d'un moment, le bord de l'eau se rétrécit jusqu'à n'être plus qu'une mince bande de bois. Cet étroit passage était humide et glissant. Il avait dû servir, autrefois, à relier entre elles les plates-formes d'où des pseudo-monstres s'élançaient sur les visiteurs pour les effrayer. A l'heure actuelle, ces plates-formes étaient vides. Le seul objet qu'aperçurent les détectives fut un vieux canot à rames attaché à un anneau.

«Hannibal! Je sens de l'air! dit Peter tout à coup. Il doit y avoir une ouverture pas loin d'ici.

— Une ouverture donnant sur l'océan, sans doute! Méfions-nous, Peter... Khan la connaît peut-être.»

A cette seconde précise, les deux garçons entendirent un bruit. Une planche de la passerelle venait de craquer quelque part devant eux!

Le bruit se reproduisit! Il semblait que quelqu'un marchait entre eux et l'issue vers laquelle ils se dirigeaient.

«C'est terrible! murmura Peter. Il a dû faire le tour! Et maintenant, il nous coupe la route!

— Ne bouge pas! ordonna Hannibal à son camarade d'un ton sec. Ecoutons.

— Le voilà qui arrive!

— Vite! Revenons sur nos pas!» chuchota

Hannibal en jetant un coup d'œil alarmé à la forme qui venait de surgir dans l'ombre.

Le bruit caractéristique d'un pistolet qu'on arme leur parvint. S'ils revenaient en arrière maintenant, les garçons passeraient inévitablement dans un rayon de lune!

« Le bateau! » suggéra Hannibal, désespéré.

Une vieille bâche recouvrait le petit capot. Veillant à ne faire aucun bruit, les détectives se glissèrent dans le bateau, sous la bâche. Là, tapis dans le noir, ils restèrent parfaitement immobiles, retenant leur respiration.

Le silence le plus complet régnait alentour.

Soudain, le canot se balança un peu. Son flanc racla la passerelle. Invisible au-dessus d'eux, l'homme se déplaçait doucement. A présent, ses chaussures à semelle de caoutchouc faisaient craquer le bois près de la tête des garçons blottis dans leur cachette. Le canot se balança un peu plus fort, comme si leur ennemi l'avait touché. Puis le balancement se fit plus doux, plus léger. Et toujours ce bruit de pas...

Sous leur bâche, Hannibal et Peter ne pouvaient qu'attendre. Au bout de quelques minutes, le bruit décrut au loin. Ils n'entendirent plus que le clapotis de l'eau contre la coque du canot.

« Il est parti! » souffla Peter.

Sous la toile qui le recouvrait, Hannibal ne répondit pas. Regardant devant lui sans rien voir, il avait l'air plongé dans un abîme de réflexions.

« Peter! dit soudain le chef des détectives.

Nous devons immédiatement retourner à la foire. Je crois que j'ai résolu notre problème!

— Tu veux dire que Khan t'en a fourni la solution en nous donnant la chasse?

— Oui... Dans un sens! répondit Hannibal! de façon vague. Je sais où nous trouverons ce que le voleur cherchait!

— Tu penses donc qu'il ne l'a pas encore récupéré?

— J'en suis certain. Jusqu'à présent nous avons cherché dans la mauvaise direction.»

Le petit canot fit un bond imprévu. On eût dit qu'il naviguait brusquement sur des eaux furieuses. Hannibal se tut. Peter se fit tout petit sous la bâche. Tous deux écoutaient intensément.

«Babal! finit par dire Peter. Ce canot remue beaucoup, tu ne trouves pas? Ce n'est pas normal! Et il ne racle plus contre le bord! Que se passe-t-il? Soulevons la bâche!»

Ensemble ils rejetèrent la lourde toile et se redressèrent. Aussitôt un vent violent leur cingla le visage.

«Mais nous sommes sur la mer!» s'écria Peter en regardant, effaré, autour de lui.

L'ancien parc d'attractions était déjà loin derrière eux. Les lumières de la foire diminuaient à vue d'œil. Hannibal jeta un coup d'œil à l'amarre :

«Cette corde a été coupée, Peter, dit-il. Le Tunnel des Amoureux débouche directement sur l'océan... et le voleur le savait! Il a tiré le canot le long du canal et nous a lâchés en mer.

— La marée descend et le courant est très

fort! fit remarquer Peter Il nous emporte rapidement au large.

— Il nous faut regagner la terre au plus vite!

— Je ne vois de rames nulle part, Babal! Et ce canot n'a ni moteur ni voile! Impossible de faire demi-tour!

— Tant pis! Rentrons à la nage!»

Et là-dessus, sans crier gare, Hannibal plongea vaillamment dans les flots. Peter le suivit sans hésiter. Une fois dans l'eau, les deux garçons se mirent à nager en direction de la côte. Mais le courant était trop fort!

«Nous... n'y arriverons... jamais, Peter!» dit Hannibal, déjà hors d'haleine.

Peter était un excellent nageur mais lui-même se sentait incapable de remonter le courant.

«Rien à faire! cria-t-il! Vite. Retournons au bateau!»

Ce ne fut pas sans peine qu'ils réussirent à rejoindre le canot à la dérive. Haletants, ils réussirent non sans mal à se hisser à bord. Tous deux songèrent alors à lancer un signal de détresse à Bob. Hélas! le localisateur, mouillé, était inutilisable. Les naufragés appelèrent au secours. Mais le vent emporta leurs cris. Du reste, ils étaient trop loin de la terre pour qu'on pût les entendre et aucun bateau ne se trouvait dans les parages. De grosses vagues, passant par-dessus bord, menaçaient de faire chavirer le canot.

«Ecopons! hurla Peter en saisissant un récipient au fond de l'embarcation. Ecopons vite!»

Peter s'arrêta et regagna son ami. Hannibal

avait cessé d'écoper et fixait quelque chose par-dessus l'épaule de son camarade. Puis il tendit le bras et désigna les flots d'un doigt tremblant.

« Peter! Qu'est-ce que c'est... là... derrière toi! »

Peter se retourna pour regarder à son tour.

A peine visible au clair de lune, juste devant le petit canot, une énorme masse sombre venait de surgir soudain. Elle avait jailli de l'océan et semblait leur barrer la route.

Chapitre 18

Naufragés!

Bob et Ronny, cependant, avaient fait de leur côté le tour du Grand Huit. Quand ils furent revenus à leur point de départ, Bob regarda autour de lui d'un air inquiet.

«C'est bizarre! dit-il. Il est certainement arrivé quelque chose! Nous aurions dû croiser les autres en chemin ou, tout au moins, les retrouver ici!

— Regarde!» lança Ronny en guise de réponse.

Le jeune forain désignait le mur crevé du Château Hanté.

«Ce trou n'était pas là tout à l'heure, Bob, j'en suis sûr!»

Les deux garçons écarquillèrent les yeux dans l'ombre :

«Peter! Babal! appela Bob.

— Ecoute! Quelqu'un vient!» annonça Ronny.

On courait en effet derrière la palissade séparant le parc d'attractions du champ de foire. Deux hommes passèrent à travers la brèche.

« Tiens ! Voilà ton père, Ronny ! » s'exclama Bob.

M. Carson se précipita vers les deux garçons :

« Tout va bien, jeunes gens ? demanda-t-il vivement.

— Très bien, répondit Bob, mais nous avons perdu Peter et Hannibal. Nous ne savons pas où ils sont passés !

— Nous avons surpris un homme en train de voler dans ma remorque, expliqua Ronny. Nous lui avons donné la chasse mais il a disparu... et nos amis aussi ! »

M. Carson fronça les sourcils.

« Khan avait donc raison ! » murmura-t-il.

L'hercule était arrivé sur les talons du directeur de la foire. Ses muscles luisaient de transpiration.

« J'ai vu quelqu'un fouiller la remorque de Ronny, expliqua-t-il à son tour. Je me suis lancé à ses trousses mais je l'ai perdu dans le Château Hanté.

— Vous n'avez pas aperçu Hannibal et Peter ? demanda Bob.

— Non, ma foi ! Ni l'un ni l'autre !

— Ronny ! ordonna M. Carson à son fils. Va vite prier quelques-uns de nos forains de venir avec des lampes de poche. Avec Bobby et Khan nous allons explorer les allées entre les baraques du parc. »

Ronny s'éloigna en courant. En son absence, M. Carson, l'hercule et Bob ne trouvèrent pas trace des deux détectives manquants. Lorsque

Ronny revint à la tête d'une équipe de forains, porteurs de fortes torches électriques, tous se mirent à fouiller les installations désaffectées... Bob tira Ronny à l'écart pour lui confier, d'un air inquiet :

« Khan prétend avoir traqué le pilleur de remorque. S'il dit vrai, pourquoi n'avons-nous pas vu deux hommes ?

— C'est vrai, ça ! Pourquoi ?

— Parce qu'à mon avis il n'y en avait qu'un seul : Khan !

— Tu veux dire... que c'est Khan le voleur ?

— Exactement ! Hannibal le soupçonnait déjà. Vous ne connaissez même pas son véritable nom. Rappelle-toi que nous l'avons surpris en train de nous épier. Et il a tenté de persuader ton père de fermer la foire. Maintenant, je le soupçonne d'avoir attrapé Peter et Hannibal. Il essaie sans doute de nous lancer sur une fausse piste. Viens, mon vieux ! Rejoignons ton père et expliquons-lui la situation. »

Ils se hâtèrent vers le Château Hanté à l'intérieur duquel M. Carson avait disparu. Les forains cherchaient de tous côtés à l'aide de leurs torches électriques. M. Carson était là, en train de s'éponger le front :

« Nous n'avons encore rien trouvé ! annonça-t-il aux deux garçons. Mais cela ne saurait tarder !

— Je crois au contraire que nous cherchons où il ne faut pas, monsieur ! déclara Bob avec force. Khan essaie de vous égarer. C'est lui le voleur et il sait où se trouvent mes camarades.

— Khan ! s'exclama M. Carson. C'est une

grave accusation que vous lancez là, Bob! Sur quelle preuve vous appuyez-vous?

— Je ne possède aucune preuve réelle, monsieur, mais je suis à peu près certain que Khan est le pilleur de remorque.

— Etre "à peu près certain" n'est pas une vraie preuve en effet, Bob. N'oubliez pas que Khan est chargé de veiller à la sécurité des forains. C'est pour cela qu'il furète de droite et de gauche. Il en a le droit. Mais c'est égal! J'aimerais l'interroger! Attendez un instant!»

M. Carson s'enfonça à l'intérieur du Château Hanté. Bob et Ronny patientèrent dans l'ombre. Et si par hasard Bob se trompait? M. Carson revint au bout de dix minutes.

«Khan a disparu à son tour! annonça-t-il, la mine grave. Il a déclaré, paraît-il, à ses camarades qu'il avait affaire à la foire et devait y retourner. Première nouvelle en ce qui me concerne! Enfin! Allons contrôler! Venez!»

M. Carson repassa la brèche, suivi des deux garçons, et se mit à la recherche de Khan. L'hercule n'était pas dans sa caravane et personne ne l'avait vu à la foire!

«Vos soupçons paraissent fondés, déclara M. Carson à Bob. Il faut alerter la police!»

Là-bas, sur l'océan où la forme noire grandissait à vue d'œil, Peter jeta soudain un cri :

«C'est l'île Anapamu... la plus petite des îles Channel... à moins d'un mille de la côte! Essayons d'aborder!»

Le petit canot dérivait rapidement vers l'île qu'entourait une ceinture de récifs :

« La plage est par là-bas! indiqua Peter. Mais gare aux rochers! Attends! J'ai une idée!... »

Là-dessus, Peter plongea derrière le bateau qu'il se mit à diriger tout en nageant avec les jambes. Bientôt, le canot racla le sable d'une petite crique.

« Ouf! Nous y sommes, Babal!

— D'accord! Mais comment en repartir? Il faut retourner à terre pour coincer notre voleur!

— Je crains qu'il ne faille attendre demain mon vieux!... Quand un caboteur passera à portée de notre voix, nous...

— Demain, il sera trop tard, Peter... Tout à l'heure, tu m'as bien dit qu'il existait un abri dans cette île! Peux-tu m'y conduire? »

L'abri en question n'était qu'une sorte de cabane renfermant des objets hétéroclites : une table en bois, quelques bancs, un poêle, des conserves. Derrière, dans une remise, se trouvaient deux mâts de canot, deux espars, un petit gouvernail et sa barre, des planches et des rouleaux de cordage.

« Pas de radio, tu vois! soupira Peter. Nous voilà prisonniers de l'île jusqu'à demain matin sans doute. »

Hannibal ne répondit pas. Il réfléchissait.

« Peter! dit-il enfin. Pourrions-nous partir à la voile si... nous en avions une?

— Hum! Il faudrait aussi un mât et un gouvernail.

— Un mât! Un gouvernail! Nous les avons. Et la bâche de notre canot servira de voile!

— Ces mâts sont trop gros pour pouvoir s'adapter à notre canot, Babal.

— Alors, prenons un espar qui nous servira de mât. J'aperçois une scie. Nous allons découper un trou dans un des bancs du canot. Puis nous fixerons la base de notre mât improvisé avec ces planches. D'accord ?

— Tu oublies qu'un voilier doit avoir une dérive ou une quille. Notre canot n'en possède pas. Le vent le renversera tout de suite...

— Flûte!... Au fait, ces deux mâts... ils flottent ?

— Oui. Pourquoi ? Tu veux regagner la terre à cheval dessus. »

Hannibal ignora l'humour de Peter.

« Suppose que nous prenions ces longues planches et que nous les clouions aux mâts ? Ensuite, nous clouerons l'autre extrémité des planches aux plats-bords du canot et... nous aurons ainsi une sorte de flotteur qui nous équilibrera...

— Un système qui nous permettra de défier à la fois les flots et les coups de vent ! Hurrah ! s'écria Peter enthousiasmé. Babal, tu es un génie ! Mettons-nous vite au travail. Notre embarcation ne sera pas un chef-d'œuvre, mais elle nous permettra de naviguer un bout de temps. Après tout, la côte n'est pas si loin ! Nous y arriverons !

— Le plus tôt sera le mieux, mon vieux. Il n'y a pas une minute à perdre ! »

Chapitre 19

Hannibal reparaît

Depuis déjà deux heures, la police était au courant des soupçons de Bob. Mais elle n'avait toujours retrouvé ni Hannibal, ni Peter, ni Khan. Le chef Reynolds était revenu interroger M. Carson, son fils et Bob.

« Vous êtes vraiment persuadé que Khan est l'auteur du hold-up de San Mateo ? demanda-t-il une fois de plus à Bob.

— Oui, monsieur ! répondit Bob.

— Je me demande si notre voleur a vraiment quitté Rocky ! soupira le chef de la police. Trop de gens ont cru le voir en trop d'endroits différents.

— C'est précisément ce que disait Hannibal ! souligna Bob. Il prétend aussi que le voleur n'a toujours pas trouvé ce qu'il cherchait dans les chats en peluche. Je crois que Khan fouillait la remorque de Ronny et que, par conséquent, c'est lui notre homme. Il était en quête de l'objet mystérieux !

— C'est possible, en effet!

— Khan a une conduite étrange, enchaîna M. Carson. Il se tient à l'écart. A la foire, il ne s'est lié d'amitié avec personne.

— Nous le rattraperons!» affirma Reynolds.

Durant encore une heure, les policiers passèrent au peigne fin non seulement la foire et l'ancien parc d'attractions mais encore les environs et le bord de l'océan. Ils ne trouvèrent rien ni personne. Pas la moindre trace des disparus.

«Ils semblent s'être volatilisés», avoua le chef de la police, très ennuyé. Mais nous continuons les recherches!»

Soudain, des exclamations s'élevèrent. Elles venaient du parc d'attractions. Tous y coururent. Sur le rivage, un petit groupe de policiers entouraient une ombre.

«Est-ce l'un des garçons? murmura M. Carson.

— Regardez, chef! dit à cet instant l'un des hommes de Reynolds. Regardez qui nous avons trouvé!»

Ses camarades poussèrent Khan en avant! L'hercule s'ébroua et leur fit lâcher prise. Il gronda :

«Qu'est-ce que cela signifie?

— Dites-nous plutôt ce que vous faites ici? répliqua le père de Ronny.

— Ça, Carson, c'est mon affaire!»

Bob ne put se contenir :

«C'est lui le voleur! s'écria-t-il. Demandez-lui ce qu'il a fait d'Hannibal et de Peter!

— Moi, le voleur! hurla Khan, furieux. Petit

imbécile! Je lui ai couru après, au contraire. Je vous l'ai déjà dit!

— Et qu'avez-vous fait au cours des trois dernières heures? demanda le chef de la police. Nous vous avons cherché en vain.

— Je suis revenu ici pour traquer moi-même le voleur!

— Il ment! protesta Bob, très excité. Je suis même certain que sa barbe est fausse!»

Là-dessus, il bondit sur la barbe de Khan et tira dessus d'un coup sec. La barbe lui resta dans la main! Tout le monde regarda l'hercule. Sans se démonter, celui-ci avoua :

«D'accord! Elle est fausse. Mais que serait un colosse de foire sans système pileux?» ajouta-t-il en ôtant également sa perruque embroussaillée.

Khan offrait à présent l'apparence d'un jeune homme imberbe, aux cheveux coupés très court.

«Vous vous êtes fait engager avec vos postiches! protesta M. Carson. Et vous ne les avez même pas enlevés quand la police a enquêté parmi nous, à San Mateo.

— Vous savez très bien pourquoi, Carson! J'ai honte de travailler dans votre foire minable! Je ne voulais pas être reconnu... question de dignité professionnelle!

— Papa! murmura Ronny. Ce ne serait pas Gario, par hasard?

— Non, ce n'est pas lui!» affirma M. Carson.

Soudain, un des hommes de Reynolds s'écria :

«Chef! Regardez!»

Là-bas, sur l'océan, une étrange embarcation,

équilibrée par des flotteurs, avançait tant bien que mal.

« Hannibal! Peter! hurla Bob fou de joie. Ce sont eux! »

Les deux naufragés accostèrent enfin, puis se précipitèrent vers leurs amis. Ce furent, au clair de lune, de touchantes retrouvailles. Les navigateurs se contentèrent de signaler qu'ils revenaient de l'île Anapamu à bord d'un voilier de fortune. Hannibal vanta les talents de navigateur de Peter.

« Grâce à lui, nous voici de retour après une désagréable aventure, expliqua le chef des détectives. Nous devions faire vite. Je crois pouvoir trouver ce que le voleur cherchait! Je ne pense pas qu'il ait déjà mis la main dessus.

— En tout cas, nous, nous tenons le voleur lui-même! s'écria Bob. C'est Khan, comme tu le soupçonnais! »

Hannibal regarda l'hercule que les policiers entouraient et qui semblait hors de lui.

« Non! affirma-t-il. Ce n'est pas Khan le voleur!

— Je ne cesse de le leur dire, mon garçon, grommela l'intéressé. Mais ils ne veulent pas m'écouter.

— Khan est un imposteur, Hannibal! déclara M. Carson. Et il fouillait dans la remorque de Ronny. Vous l'avez vu!

— Non, monsieur. Ce n'était pas lui. En réfléchissant j'en suis arrivé à la conclusion qu'il y avait deux hommes et non un seul. Khan... et le voleur qu'il poursuivait! Nous avons rencontré l'hercule dans le Château Hanté. Il nous a entendus et a cru avoir affaire au voleur qu'il traquait... Je l'ai compris quand il nous a crié qu'il nous voyait et allait nous attraper! Ce n'est pas ainsi qu'agit un homme poursuivi. Il essaie au contraire de se cacher ou de fuir.

— Bien raisonné, mon garçon! s'écria Reynolds.

— De plus, quand nous avons aperçu Khan il était nu jusqu'à la taille, vêtu seulement d'un collant sans poches, et ses mains étaient vides. Or, l'homme que nous avons rencontré un peu plus tard dans le Tunnel des Amoureux avait un pistolet et un couteau. Nous l'avons entendu armer le premier et c'est à l'aide du second qu'il a tranché l'amarre du canot où nous nous étions cachés.

— Ce garçon est plus malin que vous tous! s'écria Khan.

— Enfin, acheva Hannibal, l'homme qui nous menaçait dans l'ombre marchait à pas feutrés : il portait des souliers à semelles de caoutchouc. Or, regardez Khan! Il porte des bottes!

— Quand je vous disais que ce n'était pas moi! dit Khan en riant. Je suis blanc comme neige.

— Ce n'est pas tout à fait mon avis, coupa le chef des détectives en se tournant vers lui. Vous êtes un imposteur qui se cache parmi les forains pour y accomplir quelque besogne secrète! Vous feriez bien d'avouer... »

Khan demeura un instant bouche bée, à considérer le chef des détectives avec des yeux ronds.

« Je savais bien que vous étiez plus malin que

tout le monde! soupira-t-il enfin... Très bien! Je vais vous dire la vérité... Je suis ici en mission secrète. Je suis un véritable hercule mais j'ai cessé d'exercer voici quelques années pour devenir détective privé. Je m'appelle Paul Harney. La grand-mère de Ronny m'a engagé pour veiller sur son petit-fils. Elle est persuadée que la vie de forain est dangereuse et désire que je le protège.

— Ce n'est pas vous le responsable des accidents survenus dans ma foire? demanda vivement M. Carson.

— Non. Quand la série noire a commencé, j'ai été très ennuyé. Je vous ai suggéré de fermer car ces accidents paraissaient menacer Ronny. Je voulais être sûr qu'ils n'étaient pas dus à de la malveillance.

— Vous protégiez Ronny? murmura M. Carson.

— Exactement. Je suis payé pour ça!

— Je vous crois! déclara Hannibal d'une voix calme. Mais vous ne nous avez pas dit toute la vérité. Si vous rôdiez autour de la remorque de Ronny, c'est parce que vous pensiez que l'objet recherché par le voleur était caché à l'intérieur.»

Les yeux de Khan-Harney se mirent à pétiller. Il resta un moment silencieux puis acquiesça :

«Bravo encore, mon jeune ami! Après l'enquête de police à San Mateo, j'ai commencé à réfléchir sérieusement. Je me suis dit que l'auteur du hold-up faisait partie des gens de la foire. Je suis détective, ne l'oubliez pas! Je me serais fait une magnifique publicité si j'avais pu découvrir moi-même l'individu que la police recherchait. J'ai donc mené ma petite enquête discrètement. Quand le chat de Ronny a été dérobé, j'ai compris que le voleur avait dissimulé un objet important à l'intérieur. Malheureusement, je ne voyais pas du tout qui, parmi les forains, ressemblait, de près ou de loin, à la description du voleur de banque. Et maintenant, notre homme a trouvé ce qu'il cherchait. L'objet, quel qu'il soit, ne se trouvait, d'ailleurs, pas à l'intérieur des chats en peluche.

— Non, soupira Ronny. Il devait en être tombé! Et l'homme l'a récupéré!»

Tout le monde approuva cette conclusion d'un hochement de tête lugubre. Tout le monde, sauf Hannibal!

«Je ne suis pas de l'avis de Khan, déclara froidement le chef des Détectives. Je suis au contraire persuadé, moi, que le mystérieux objet après lequel courait notre voleur était bien à l'intérieur de l'un des chats. Et je suis convaincu qu'il s'y trouve encore!»

Chapitre 20

Le chat qui clignait de l'œil

Ronny protesta :

« Mais, Hannibal ! Je n'avais que cinq chats et le voleur les a pris tous les cinq !

— Non, Ronny ! Tu avais six chats ! s'écria Hannibal triomphant. Tu as sorti cinq chats comme lots pour ton tir. Mais tu en as un sixième... nous l'avons tous vu !

— Où donc ? demanda Bob, stupéfait.

— Rappelez-vous le premier soir ! dit Hannibal avec des intonations dramatiques. Il était là, devant nous... et nous lui avons à peine jeté un coup d'œil dédaigneux. Oui... rappelez-vous ! Nous étions dans la caravane de Ronny et il nous montrait ses lots cassés ou abîmés...

— Mais c'est vrai ! s'écria Ronny en sursautant. Mon panier de lots à réparer ! Il y a dedans un chat en mauvais état, comme les autres. Il a été endommagé dans l'incendie de San Mateo!

— Il se trouvait donc alors dans ton stand de tir! s'écria Hannibal. C'est dans ce chat que le voleur a caché l'objet mystérieux. Mais le chat a été abîmé et Ronny l'a emporté dans sa caravane pour le remettre en état. Le voleur n'avait pas pensé à ça! Dans le bateau, j'ai compris brusquement que si l'homme nous écartait de sa route, c'est parce qu'il était toujours à la recherche de ce qu'il avait caché : il ne l'avait pas trouvé dans la remorque de Ronny! L'idée qu'il devait exister un sixième chat m'est venue à l'esprit et... je me suis rappelé le panier de Ronny!

— Tu as plus d'imagination que moi! dit Peter.

— Et que moi! fit Ronny. Pourtant, c'était moi qui possédais le dernier chat!

— Apparemment, le voleur a été moins astucieux que vous, fit remarquer le chef de la police en souriant. Bon travail, Hannibal! Félicitations!

— Je vous remercie, monsieur, murmura Hannibal, rayonnant. J'ai seulement fait preuve de logique et... »

Il s'arrêta pour écouter, scruta la nuit noire autour de lui, puis s'écria avec animation :

« Chef! Quelqu'un s'éloigne en courant. »

Tous, effectivement, purent entendre un bruit de course. Quelqu'un galopait en direction de la foire.

« Qui donc est parti? demanda le chef de la police.

— Je ne sais pas, monsieur, répondit l'un de ses hommes. Nous sommes tous ici!

— Il y avait quelqu'un debout derrière moi! déclara un jeune forain. Je n'ai pas vu qui c'était. Il a détalé brusquement.

— L'un d'entre vous a-t-il remarqué un étranger? demanda le chef de la police.

— Non! fut la réponse générale.

— Où est Khan?» s'écria soudain Bob.

L'hercule avait disparu.

«Vite! cria Hannibal. La personne qui est partie en courant, quelle qu'elle soit, m'a entendu parler du sixième chat! Elle va essayer de s'en emparer! Courons!»

Tous s'élancèrent en direction de la foire. Ils traversèrent le parc d'attractions au galop, passèrent par la brèche et coururent droit au parking réservé aux caravanes en stationnement. Ronny se précipita dans la sienne. Il en ressortit aussitôt pour annoncer :

«Trop tard! Le chat n'est plus là!

— Bloquez toutes les issues! cria Reynolds à ses hommes.

— Fouillez partout!» ordonna M. Carson de son côté.

Policiers et forains obéirent.

«Il a volé le chat, déclara Reynolds mais il ne pourra pas s'échapper! Il n'a pas eu le temps de quitter la foire!

— Le voleur... c'est Khan? demanda Peter.

— Peut-être nous a-t-il menti tout le temps? dit M. Carson.

— C'est possible! soupira le chef de la police. Qui sait!

— Même s'il a été engagé par grand-mère, dit Ronny. cela ne l'empêche pas d'être aussi l'auteur du hold-up!

— Il ne peut pas aller loin! prophétisa Reynolds, surtout qu'à présent nous connaissons son visage.

— Mais si le voleur n'est pas Khan, monsieur? dit encore Peter. Dans ce cas, il n'aurait qu'à cacher le chat quelque part et attendre que les choses se tassent.

— Non, Peter! Cette foire n'est pas très importante. Nous trouverons forcément le chat... et le voleur quand il tentera de s'échapper avec! Qu'en pensez-vous, Hannibal?»

Mais le chef des détectives avait disparu lui aussi!

«Babal! appela Bob.

— Hannibal? Où êtes-vous?» cria le chef de la police. Il ne reçut aucune réponse.

«Je n'ai pas vu Hannibal depuis que nous avons quitté l'ancien parc d'attractions! déclara M. Carson.

— Il doit être dans les parages, avança Reynolds.

— A moins qu'il n'ait aperçu le voleur et ne l'ait suivi! ajouta Peter d'une voix qui tremblait un peu.

— Voyons, Peter! Du calme!» conseilla M. Carson.

Tous se mirent à chercher à droite et à gauche. Finalement, un quart d'heure plus tard, ils se retrouvèrent dans l'allée principale, à proximité du stand de tir... bredouilles! Hannibal n'était toujours pas retrouvé!

« C'est l'heure de la fermeture, annonça M. Carson. Je vais demander aux artistes du cirque et aux patrons des stands s'ils n'ont pas vu Hannibal.

— Les issues sont bloquées et on surveille aussi la barrière! annonça le chef de la police. Notre homme n'a pas pu filer. »

Les artistes, groupés autour de la tente de Dimitri, semblaient ennuyés de voir la police et les forains passer la foire au peigne fin. Aucun d'eux ne se rappelait avoir aperçu Hannibal.

« Non, je ne l'ai pas vu! » répondit d'un air embarrassé le dompteur à la question que lui posait M. Carson.

Les funambules et le mangeur de feu secouèrent négativement la tête. Le petit clown dansait encore autour du grand clown qui balayait machinalement le sol avec son petit balai.

« Moi, je crois bien l'avoir vu, déclara le grand clown de sa voix triste. Il était derrière les tentes, avec quelqu'un.

— Vous l'avez vu ? s'écria Reynolds en alerte, Avec qui ? »

Le grand clown hocha la tête :

« Je ne sais pas. »

Le petit clown, semblant répéter quelque numéro nouveau, sautait et bondissait comme une balle autour de son camarade.

« Le voleur s'est emparé de notre chef! dit Bob, consterné.

— Il a dû le prendre comme otage! » renchérit Peter d'un ton lugubre.

Reynolds tenta de réconforter les détectives :

« Voyons, voyons ! dit-il. Ne soyez pas défaitistes ! Vous tracasser ne sert à rien ! Si le voleur tient Hannibal, nous serons obligés de le laisser fuir. Mais nous saurons qui il est et nous le rattraperons par la suite.

— S'il tient vraiment Hannibal, demanda Ronny, pourquoi ne s'en est-il pas déjà servi comme otage ?

— Quand j'ai vu ce garçon, coupa le grand clown, l'homme avec qui il était l'entraînait vers une brèche de la palissade... en direction de l'océan.

— Quoi ! s'écria Reynolds en sursautant. L'océan ?

— Je parie que notre voleur va essayer de s'échapper en contournant à la nage l'ancien parc d'attractions ! lança M. Carson. De ce côté, il n'y a pas de surveillance ! »

Peter et Ronny se mirent à courir vers la palissade, le chef de la police et M. Carson sur leurs talons. Seul, Bob ne bougea pas. Il resta debout dans l'allée, les yeux fixés à terre.

« Hep ! cria-t-il brusquement. Revenez ! Revenez !... Regardez... là... sur le sol. »

Tous firent demi-tour et regardèrent ce que Bob leur indiquait...

Tout d'abord, ils ne virent que le petit clown qui, répétant son nouveau numéro avec son camarade, se roulait dans la poussière en montrant le grand clown du doigt. Et puis il virent...

Tout près des clowns, dans la poussière, une main inconnue avait dessiné un énorme point d'interrogation...

Chapitre 21

Le voleur démasqué

« Mais c'est le signe que nous utilisons comme emblème ! » s'écria Peter à la vue du point d'interrogation.

Bob comprit en un clin d'œil.

« C'est Hannibal qui l'a tracé ! dit-il. Il veut nous indiquer... »

Il s'arrêta net. Le petit clown s'était remis à gambader autour de son camarade en le désignant du doigt. Or, voilà que le grand clown, sans crier gare, tirait un pistolet de sa vaste poche. Il braqua son arme sur les gens qui l'entouraient, d'un geste menaçant. Puis, sans un mot, il se mit à reculer en direction de l'entrée principale de la foire. Ses yeux noirs étincelaient dans son visage barbouillé de blanc.

« Laissez-le passer ! » ordonna le chef de la police.

Impuissants, les garçons, Reynolds et M. Carson regardèrent le grand clown s'éloigner de plus en plus. Il était presque arrivé à la grande entrée quand une forme gigantesque surgit de l'ombre de la grande route et se précipita sur le fugitif.

C'était Khan! Le grand clown essaya bien de menacer l'hercule de son pistolet mais Khan lui agrippa le poignet et fit tomber l'arme.

«Tu es pris, mon ami!» s'écria Khan, triomphant.

Le chef de la police appela ses hommes à la rescousse. Le grand clown fut maîtrisé. Tandis que la foule des forains et les derniers visiteurs de la foire étaient invités à circuler, Khan sourit à la ronde.

«Je m'étais caché pour guetter le voleur, expliqua-t-il. J'avoue cependant que je n'avais jamais soupçonné le clown.»

Le petit clown, brusquement, ôta son masque à gros nez... Hannibal, souriant, parut aux yeux de tous.

«Je viens de réaliser le rêve de ma vie, dit-il plaisamment... Me mettre dans la peau d'un clown!»

Revenu de sa surprise, le chef de la police réclama des détails.

«Comment avez-vous compris que le grand clown était le voleur? Et pourquoi avez-vous pris la place du petit?

— Eh bien, expliqua Hannibal, quand nous nous sommes tous lancés à la poursuite de l'ombre suspecte, dans l'ancien parc d'attractions, j'ai brusquement pensé que le voleur arriverait avant nous et aurait le temps de voler le dernier chat. Aussi, au lieu de continuer à lui courir après, j'ai décidé de me rendre du côté des tentes des artistes. Je me disais qu'une fois en possession du chat, notre homme gagnerait vite ce secteur animé où il pourrait se cacher parmi tout un groupe de personnes. J'avais atteint les abords du cirque lorsque j'ai vu le grand clown arriver dans ma direction à toutes jambes. Il cachait un objet sous sa veste. S'il m'avait vu, il aurait su immédiatement que je l'avais démasqué. Aussi ai-je plongé dans la première tente venue, pour m'y cacher. Hélas! Pas de chance! C'était précisément la tente du clown!

— Quoi! s'écria Peter. Tu veux dire que tu avais cherché refuge là où le voleur venait se cacher lui-même?

— Exactement! Une erreur de tactique!... J'ai éprouvé une belle peur quand je m'en suis aperçu! Mon cerveau s'est mis à fonctionner à toute vitesse. Je devais à tout prix me tirer de ce mauvais pas... La tente était divisée en deux parties. Aux heures d'ouverture, le public voit ce qui se passe devant. L'arrière est utilisé par les artistes pour se reposer ou se changer. Je suis donc passé au fond de la tente. J'ai entendu le grand clown entrer et s'affairer à quelque mystérieuse besogne. Je me demandais s'il viendrait ou non de mon côté.

— Tu étais pris là-dedans comme dans une nasse! fit remarquer Ronny.

— Eh oui! C'est alors que j'ai aperçu le costume du petit clown. Après s'être changé, il était parti. Je me suis dépêché d'enfiler ses affaires et de mettre son masque. Il était temps. Le grand clown avait dû m'entendre car il m'a rejoint à ce moment-là. Bien entendu, il m'a pris pour son camarade et a insisté pour que nous fassions une dernière fois notre numéro... J'ai évidemment aussitôt deviné qu'il en profiterait pour s'échapper avec le chat. Comme vous voyez, je me trouvais en face d'une situation nouvelle. Ayant ce qu'il voulait, il n'avait plus besoin de rester longtemps caché. Ce qu'il souhaitait, c'était filer au plus vite.

— Je comprends très bien, Hannibal! dit le chef de la police. Mais tout à l'heure, tandis que vous faisiez tous deux votre numéro sous nos yeux, pourquoi ne nous avez-vous pas prévenus?

— Je savais qu'il avait une arme, monsieur. Je craignais qu'en se voyant brusquement démasqué il ne se mette à tirer. Il fallait donc que j'attire votre attention sur lui avant qu'il ne comprenne que je n'étais pas le petit clown. Voilà pourquoi j'ai dessiné un point d'interrogation dans la poussière tout en le montrant du doigt. Par chance, Bob a vu le point d'interrogation et vous avez tous été sur le qui-vive avant que le voleur ait compris que je l'accusais!

— Il a cependant été rapide! Il a failli nous glisser entre les doigts. Beau travail, Hannibal! Mais où est le chat en peluche?

— Attaché à sa jambe, et caché par son pantalon», expliqua Hannibal.

L'un des policiers fouilla le grand clown et, ayant trouvé le chat qui clignait de l'œil, il le tendit à son chef qui l'examina... Un coup de canif suffit pour éventrer l'animal. A l'intérieur se trouvait un ticket marron.

« Un bulletin de consigne ! s'exclama le chef de la police. C'est là-bas qu'il a laissé en dépôt l'argent volé à la banque ! Voilà la solution de l'un de nos problèmes. Reste à découvrir l'identité de notre voleur !

— Lui, l'auteur du hold-up ? dit M. Carson en se rembrunissant. Mais c'est impossible puisque... »

Reynolds ne lui laissa pas achever sa phrase. Après avoir arraché le faux nez et la perruque du grand clown, il effaça son maquillage à grands coups de mouchoir. Alors, le chef de la police recula et considéra l'homme d'un air incrédule...

Maintenant qu'il n'était plus grimé, le grand clown apparaissait comme un vieillard aux cheveux blancs ! Il semblait avoir au moins soixante-cinq ans !

« Mais... mais... bégaya le chef. Ce ne peut pas être le voleur !

— C'est ce que j'essayais de vous dire, soupira M. Carson. Il est trop vieux pour être le voleur ! Vous ne le voyez pas en train d'escalader un mur ou de fuir à toutes jambes. »

Hannibal semblait soudain désemparé. Le vieux clown courba les épaules et avoua dans un soupir :

« Je reconnais avoir volé le chat... Il... il avait dit qu'il me donnerait dix mille dollars si je réussissais. C'est lui qui m'a remis ce pistolet... mais je ne sais même pas m'en servir. Je regrette de vous avoir menacés... J'avais peur...

— Qui vous a engagé pour voler le chat ?» demanda Reynolds.

La question parut surprendre le vieil homme.

« Qui ? répéta-t-il. Mais... lui bien sûr... Khan ! »

L'hercule rugit de colère.

« Espèce de menteur ! Je vais t'apprendre...

— Je dis la vérité ! insista le vieux clown. Je sais que ce que j'ai fait mérite un châtiment mais j'ai agi à la demande de Khan, je le jure ! »

Gravement, le vieux clown tendait le bras, comme pour souligner son serment. Tout le monde regardait le vieillard et Khan. Soudain une lueur s'alluma dans les yeux du chef des détectives.

« L'un de ces deux hommes ment forcément ! s'écria Hannibal. Et je sais lequel !... C'est le clown ! »

Le chef de la police parut surpris :

« Comment pouvez-vous en être certain ? demanda-t-il.

— Le clown n'est pas vieux du tout ! déclara Hannibal. Il s'est encore travesti !

— Je ne comprends pas ! avoua Peter.

— Nous recherchions un homme qui se serait déguisé pour accomplir ces tristes exploits... un homme qui, ensuite, aurait repris son aspect habituel. Or, en réalité, le voleur était déguisé tout le temps... déguisé en vieux clown ! Et c'est quand il a commis son hold-up et acheté les chats qu'il avait son apparence ordinaire. C'est sous le visage du vieil homme qu'il nous faut chercher le véritable et robuste voleur ! »

Le vieux clown se mit à se débattre comme un beau diable mais les policiers le tenaient solidement. Le chef de la police lui palpa le visage. Il s'aperçut alors qu'une mince pellicule de caoutchouc adhérait à la peau. Les cheveux blancs étaient plantés sur cette pellicule :

« Sapristi ! grommela Reynolds. Ce masque de caoutchouc colle si bien à la peau que je n'arrive pas à l'enlever.

— Attendez ! dit Hannibal. Je vais vous aider ! »

Il rabattit le col du costume du clown. Chacun aperçut alors une mince ligne indiquant l'endroit où commençait le masque que le voleur avait enfilé sur sa tête comme une cagoule. Le chef de la police inséra deux doigts sous la pellicule de caoutchouc puis tira d'un seul coup vers le haut.

Le voleur, démasqué — au sens propre du mot cette fois-ci —, était bel et bien un homme jeune, au visage tanné, tel que les détectives l'avaient vu quand il avait acheté les chats et volé celui de Billy Motha.

« C'est lui, l'homme tatoué ! s'écria Peter. Mais il n'a plus son tatouage ! »

M. Carson fit un pas en avant et plongea son regard dans celui, flamboyant, du voleur :

« C'est Gario ! dit-il. Il a un peu changé mais c'est bien lui. Je le reconnais formellement. Alors, Gario, on est devenu pilleur de banque ?

— Allez au diable, Carson ! répliqua Gario, furieux. Je me serais parfaitement tiré d'affaire s'il n'y avait eu ces stupides gosses...

— Gosses, peut-être, mais pas stupides,

Gario! dit le chef de la police. Allons, embarquez-moi cet individu!» ajouta-t-il en se tournant vers ses hommes.

On entraîna Gario.

«Sans vous, Hannibal, dit encore Reynolds, le voleur nous échappait. Son double déguisement était parfait. Comment avez-vous réussi à le percer à jour?

— Eh bien! monsieur, sa figure m'a dérouté, je l'avoue. Mais j'ai remarqué ses mains! Ce sont elles qui l'ont trahi... des mains fermes, brunes, nerveuses, à la peau fine, sans rides ni taches de vieillesse... bref des mains d'homme jeune!

— Bravo, Hannibal! Une fois de plus, vous aviez vu juste!»

Le chef des détectives rougit de plaisir sous le compliment.

Chapitre 22

Alfred Hitchcock apprécie...

Le jour suivant, après avoir consigné par écrit les différentes phases de l'affaire des chats qui clignaient de l'œil, les détectives allèrent trouver leur ami Alfred Hitchcock. Le célèbre metteur en scène lut avec intérêt leur rapport.

« Voilà un mystère que vous avez élucidé grâce à de pénétrantes observations et de très habiles déductions ! Félicitations, mes jeunes amis ! Vous avez mis fin aux tristes exploits de Gario. Sans vous, il aurait certainement fait de nouvelles victimes.

— Il paraît que la police de l'Ohio le recherchait pour une autre série de vols, monsieur ! expliqua Bob.

— C'est une des raisons pour lesquelles il s'est introduit à la foire sous un déguisement, ajouta Hannibal. Il avait entendu dire que M. Carson allait se rendre en Californie. Pour n'éveiller aucun soupçon, il s'est présenté dès le début sous l'apparence d'un vieil homme. C'est par la suite qu'il a eu l'idée de dévaliser la banque de San Mateo sous son aspect véritable mais avec néanmoins un faux tatouage pour égarer les témoins.

— Très ingénieux! murmura M. Hitchcock. Il s'est ensuite dépêché de mettre son butin en lieu sûr en le déposant à la consigne. Il avait l'intention de regagner la foire et de quitter la ville avec elle, sous l'apparence du vieux clown que l'on ne pouvait guère soupçonner d'être le voleur, beaucoup plus jeune!

— Oui, monsieur, dit Hannibal. Mais quand un fâcheux incident l'a fait remarquer, il a dû allumer un incendie pour distraire l'attention générale. Cela lui a donné le temps de cacher son bulletin de consigne et de reparaître sous les traits du vieux clown. Il a commis une faute en comptant mal les chats. Il s'est rendu compte qu'il y en avait en réalité six, seulement quand je l'ai révélé au chef de la police.»

M. Hitchcock fit un geste d'approbation.

«Votre voleur a fait preuve de beaucoup de prudence au début mais ensuite il s'est affolé, comme vous l'aviez prévu, Hannibal. C'est le type même du criminel, pas tellement malin au fond. Je suppose qu'il paiera ses erreurs dans une prison californienne.

— Et ensuite il fera connaissance avec une autre prison, dans l'Ohio cette fois, ajouta Peter. Ses talents d'araignée humaine ne lui serviront pas à grand-chose là-bas!

— C'est certain, dit M. Hitchcock. Mais j'y

pense... la grand-mère du jeune Ronny, que devient-elle dans l'histoire? Est-elle toujours aussi férocement opposée à ce que son petit-fils vive parmi les gens du voyage?

— Ma foi, monsieur, expliqua Bob. Khan... ou plutôt Paul Harney, le détective, lui a fait un rapport des plus favorables sur la vie menée par les forains. D'après ses conclusions, Ronny peut sans danger rester auprès de son père.

— Aux dernières nouvelles, déclara Hannibal, elle avait fini par se résigner.

— A propos de Paul Harney, dit Peter, savez-vous ce qu'il a décidé? Il abandonne son métier de détective privé pour continuer à jouer les hercules dans les foires. Lui aussi reste avec M. Carson.

— Tiens, tiens! murmura M. Hitchcock avec un sourire. Je me demande si cette décision ne lui a pas été soufflée par un certain dépit! C'est que vous l'avez battu sur son terrain, mes jeunes amis, en vous montrant meilleurs détectives que lui!»

Alfred Hitchcock réfléchit un moment encore puis posa tout haut la question qui le tracassait :

«Est-ce que l'histoire des poneys empoisonnés se rattache d'une manière ou d'une autre à cette affaire?

— Pas le moins du monde, monsieur, répondit Bob. Il s'agissait d'un empoisonnement accidentel.

— Ainsi donc, voici vos rapports avec les gens du voyage terminés?

— Pas tout à fait, monsieur!» répondit Hannibal.

Peter se mit à rire.

«Pendant les deux jours où la foire reste encore à Rocky, Hannibal tiendra le rôle d'un clown. M. Carson a besoin de quelqu'un pour remplacer Gario et lui a offert l'emploi!

— Bravo, Hannibal! s'écria M. Hitchcock. Je suis assez curieux de vous voir à l'œuvre! Je suis certain que vous jouerez la pantomime à la perfection!»

Là-dessus, les trois jeunes détectives prirent congé de leur illustre ami. Demeuré seul, Alfred Hitchcock sourit à la pensée d'Hannibal transformé en clown. Puis il se demanda dans quelle nouvelle aventure le destin entraînerait ses jeunes protégés la prochaine fois.

Table

IMPRIMÉ EN FRANCE PAR BRODARD ET TAUPIN
Usine de La Flèche, 72200.
Loi n° 49-956 du 16 juillet 1949 sur les publications destinées à la jeunesse.
Dépôt : janvier 1989.